촌부 新무협 판타지 소설

천애협로 7

촌부 新무협 판타지 소설

초판 1쇄 찍은 날 § 2013년 1월 28일
초판 1쇄 펴낸 날 § 2013년 2월 4일

지은이 § 촌부
펴낸이 § 서경석

편집부장 § 권태완
편집책임 § 박우진
디자인 § 이혜정

펴낸곳 § 도서출판 청어람
등록번호 § 제1081-1-89호
등록일자 § 1999. 5. 31
어람번호 § 제2-2303호

주소 § 경기도 부천시 원미구 심곡2동 163-2 서경B/D 3F (우) 420-822
전화 § 032-656-4452 팩스 § 032-656-4453
http://www.chungeoram.com
E-mail § chungeorambook@daum.net

ⓒ 촌부, 2011

ISBN 978-89-251-3160-3 04810
ISBN 978-89-251-2651-7 (세트)

※ 파본은 구입하신 서점에서 교환하여 드립니다.
※ 저자와 협의하여 인지를 붙이지 않습니다.
※ 이 책은 도서출판 청어람과 저작자의 계약에 의해 출판된 것이므로,
  무단 전재 및 유포·공유를 금합니다.

제1장	혈해(血海)	7
제2장	천운(天運)	37
제3장	현의선자(賢醫仙子)	71
제4장	고문(拷問)	111
제5장	고립(孤立)	139
제6장	습격(襲擊)	169
제7장	철혈(鐵血)	199
제8장	마채화(馬菜花)	237
제9장	능하선검(綾河仙劍)	261
제10장	진무십사협(眞武十四俠)	289

第一章
혈해(血海)

1

 먹구름에 뒤덮인 탓에 세상은 온통 회색빛으로 물들어 있었다. 산 자들의 세상이 아닌, 죽은 자들의 세상인 것마냥 무감각하고 차가운 회색빛이었다. 비가 내리는 소리까지 고요하게 울려 퍼지자 스산한 느낌이 한층 더 짙어졌다.
 회색빛 세상 속에서 유일하게 색(色)을 띄는 것이 있다면, 오직 붉은색뿐일 터였다.
 선명하리만치 붉은 피 웅덩이가 그랬다.
 무릎을 꿇고 있던 소량이 핏물을 한 움큼 움켜쥐었다.

'종리형.'

소량이 충혈된 눈으로 종리윤의 시신을 돌아보았다.

대를 잇지 못했다고 한탄하면서도, 제 딸만 보면 좋아서 어쩔 줄 모르던 사내가 목을 잃은 시체가 되어 있었다.

'촌장님, 염씨 아주머니.'

어떻게 협사님의 위치를 말할 수 있겠느냐며, 사람이 어떻게 그럴 수 있겠냐며 울먹이다 목숨을 잃은 촌장의 시체와, 강간을 당하는 중에 죽음을 맞은 염씨 과부의 시체도 보였다.

움켜쥔 소량의 주먹이 부들부들 떨려왔다.

'도대체 왜 제가 어디에 있는지 말하지 않았습니까? 말했어야 했습니다! 차라리 말해서 당신들의 목숨을……!'

소량은 더 이상 생각을 이어가지 못했다.

바로 앞에서 능소의 시신이 보인 탓이었다.

누구보다 빨리 일어나 자신의 몫을 다하고, 여력이 남으면 남을 돕던 사람. 햇살이 밝으면 일하고 비가 내리면 비를 피하여 오로지 천지간의 흐름에 순응하던 사람…….

처참한 슬픔이, 그보다 더욱 처참한 분노가 밀려들었다.

마음속에 있던 살기는 점점 더 커져만 갔다.

양신(養神)이 태동하고 환골탈태가 이루어지는 가운데 살심(殺心)을 품었으니 어떻게 되겠는가? 항상 순후하게 흐르던 태허일기공이 상처 입은 야수처럼 변하여 흉포하게 날뛴다.

소량은 더 이상 태허일기공을 제어하지 못했다.

아니, 제어하지 않는다는 말이 더 옳으리라.

'허! 태허일기공에 이런 묘용도 있던가?'

소량의 살기를 느낀 도마존이 얼굴을 구기며 수염에 묻은 빗물을 털어내었다. 태허일기공은 도가정종(道家正宗)의 절학으로, 어떤 경우가 와도 순후하고 은은하게 흐른다. 아무리 분노하였다 한들 이처럼 살기를 내뿜을 리가 없는 것이다.

'아니, 생각해 보면 차라리 잘된 일이 아닌가? 소검신 진소량이 이처럼 분노하였으니, 어쩌면 검신 진소월조차 보여주지 못한 무학을 보여줄지도 모른다.'

도마존의 얼굴에 서서히 미소가 어릴 때였다.

소량이 나직한 목소리로 중얼거렸다.

"도망치지 마라."

도마존의 눈에 이채가 떠올랐다. 아직 소량의 변화를 눈치채지 못한 이들은 실소를 머금고 있었지만 말이다.

그 순간, 소량에게서 살기가 폭사되었다.

"도망을 쳐도……."

"허, 헉?!"

소량을 비웃고 있던 혈마곡의 마인들이 대경하여 두어 걸음 뒤로 물러났다. 심지어 도마존마저도 말이다.

"쫓아가서 죽인다."

소량의 말이 끝나자 장내에 무거운 침묵이 감돌았다. 소량의 살기를 느끼고 보니 입을 열 수가 없는 것이다.

그렇게 얼마나 지났을까.

"하, 하하하."

도마존이 넋을 잃은 표정으로 헛웃음을 터뜨렸다.

그리 오래지 않아 헛웃음은 광소(狂笑)로 변해갔다.

"으하하하!"

도마존의 웃음소리 속에서 소량이 누군가 떨어뜨린 청강검을 움켜쥐었다. 태허일기공이 소량의 손이 닿기도 전에 청강검으로 흘러 들어갔다.

콰아앙!

그 순간, 폭음이 울리더니 회색빛 세상 속에 붉은 안개가 피어났다. 소량의 주변에 있던 마인 일곱 명이 눈 깜짝할 사이에 피보라가 되어버리고 만 것이다.

피보라 가운데 소량의 모습은 보이지 않았다.

쐐애액!

도대체 언제 접근한 것일까!

미친 듯이 웃던 도마존의 눈앞에서 소량이 안개처럼 스

르르 모습을 드러냈다. 하늘이라도 베어낼 듯 내려치는 검보다, 한 점 감정도 없는 눈동자가 더욱 섬뜩하게 느껴졌다.

"흡!"

도마존이 다급히 도를 뽑아 들었다.

쿠웅!

도마존의 도와 소량의 검이 부딪치자 굉음이 울려 퍼졌다. 일 장은 족히 튕겨난 도마존이 희열에 가득 찬 얼굴로 바닥에 착지하며 외쳤다.

"백성들을 죽여 소검신의 위치나 찾으면 족하다 여겼거늘, 알고 보니 용의 역린을 건드린 셈이로구나! 혈마곡의 마졸들은 무얼 하느냐? 이대로 용의 진노에 목숨을 내줄 참이냐?"

순식간에 일어난 일인지라 미처 대처하지도 못하고 있던 마인들이 뒤늦게 정신을 차린 듯 병장기를 움켜쥐었다. 여유로운 도마존과 달리 그들의 표정은 긴장으로 가득했다.

그렇게 어느 전설 하나가 시작되었다.

소량의 심장은 그 어느 때보다도 격렬하게 뛰고 있었다.

야수처럼 변해 버린 태허일기공이 미친 듯이 빠르게 회전하는 바람에 혈행(血行)의 속도가 빨라진 탓이었다.

슬픔과 분노가 골수에 스며든 것일까?

생사가 갈렸다 해도 단번에 상대의 목숨을 끊어주던 이전과 달리, 소량의 손속에서 자비가 사라졌다. 크든 작든 상대를 베어낼 수만 있다면 족하다는 듯, 오직 살수로 일관한다.

서걱!

"크아악!"

소량의 검에 다리가 잘린 마인, 초혼귀마(招魂鬼魔)가 비명을 지르며 뒤로 기어갔다. 다리가 잘리기 직전에 일장을 얻어맞은 탓에 크게 내상을 입은 초혼귀마가 다급히 외쳤다.

"자, 잠깐! 잠깐만 기다……!"

소량의 눈을 보자 초혼귀마는 더 이상 말을 이어 나가지 못했다. 그는 아예 자신의 죽음에 관심조차 없는 듯했다.

"안 돼! 제발 살려줘!"

푹!

섬뜩한 소리와 함께 초혼귀마의 목에 소량의 검이 박혔다.

소량은 그에게서 시선을 뗀 후 주위를 흘끔 돌아보았다.

"하하하! 대단하다, 대단해!"

도마존이 기쁨에 가득 찬 얼굴로 웃음을 터뜨렸다.

그것을 보자마자 소량이 쏘아낸 화살처럼 신형을 날렸다.

"허, 헉?"

소량과 도마존 사이에서 잔뜩 경계하고 있던 천잔혈검(天殘血劍)이 대경하여 검로를 펼쳐 나갔다. 그러나 안타깝게도 천잔혈검은 소량의 검을 단 일격조차 막아내지 못했다.

"큭, 크윽!"

가슴부터 배까지 사선으로 베인 천잔혈검이 눈을 부릅뜨고는 쏟아지는 내장을 담으려고 허우적거렸다.

소량은 그런 천잔혈검의 얼굴을 움켜쥐고는 그 너머에서 쏟아지는 어느 마인의 검에 내려꽂았다.

푹!

동료의 검에 목이 꿰뚫린 천잔혈검은 비명조차 지르지 못한 채 절명했다. 소량이 그 상태로 팔을 거세게 아래로 내리자 천잔혈검의 목에 박힌 검이 따라 끌려간다.

"허억?"

천잔혈검의 뒤에서 소량을 공격했던 혈검귀(血劍鬼)가 대경하여 눈을 부릅떴다. 천잔혈검의 목에 꽂힌 검을 빼내기도 전에 소량의 검극이 쏟아진 것이다.

털썩!

소량의 검에 미간을 꿰뚫린 혈검귀가 뒤로 쓰러졌다.

소량은 본래 쓰던 검 대신, 혈검귀의 검을 움켜쥐었다.

검병의 형태도, 검의 길이도 평소 자신이 써왔던 검과는 달랐지만 소량은 괘념치 않았다.

"노, 놈!"

이 모든 일이 눈 깜짝할 사이에 일어났으니 어찌 놀라지 않을 수 있겠는가?

마인들이 질린 얼굴로 소량을 바라보았다.

물론, 모든 마인이 그런 것은 아니었지만 말이다.

"죽여! 어서 죽이란 말이다!"

한때 호광성을 주름잡았던 귀검신마(鬼劍神魔)가 크게 외치자 이십여 명의 마인이 소량에게로 뛰어들었다.

수많은 인형에 가려진 탓에 소량의 모습이 마치 사라진 것처럼만 보였다. 마인들은 소량이 죽지는 않더라도 크게 손해를 입을 것이라 기대하며 눈빛을 빛냈다.

바로 그 순간이었다.

우우우웅ㅡ!

소량을 뒤덮다시피 했던 마인들은 갑자기 신형이 그에게로 끌려가는 것을 느꼈다.

마인들 틈에서 경호성이 크게 터졌다.

"이, 이런! 태룡도법!"

경호성이 끝나기도 전이었다.

태룡과해(太龍過海)라!

콰아앙—!

빛살과 함께 굉음이 일어나더니, 굉음이 끝나기도 전에 마인들의 비명 소리가 천지사방에 울려 퍼졌다.

"크아악!"

"커, 커허억!"

소량을 습격했던 마인들은 물론이거니와, 그 부근에 있던 마인들까지 서른두셋 남짓한 자들이 목숨을 잃었다. 운이 좋은 마인들은 팔이나 다리를 잃은 채 바닥을 기고 있었다.

장내가 얼음물을 끼얹은 양 싸늘해졌다.

"괴, 괴물······."

어느 이름 모를 마인이 침음성을 내뱉었다.

천잔혈검이나 혈검귀라면 혈마곡의 마인 중에서도 고수로 손꼽히는 자들인데, 그런 그들이 단 한 초식조차 제대로 상대하지 못하고 목숨을 잃었다.

어디 그뿐이랴?

지치지 않는 괴물처럼 곧바로 태룡도법을 펼치는데 고수니 하수니 할 것 없이 서른 명 가까이 목숨을 잃고 말았다.

생각해 보면 벌써 칠팔십여 명이 목숨을 잃은 셈, 상대가 천애검협이 아니라 삼천존이라 해도 믿을 수 있을 것 같다.
"괴물, 괴물이다."
"도마존! 도마존께서는 무엇을 하시나이까!"
공포에 질린 마인들이 소량에게서 주춤주춤 물러나기 시작했다. 소량을 공격하는 대신 흥미롭게 관찰만 하고 있는 도마존을 탓하는 이들도 적지 않았다.
압도적!
천애검협은 이미 검신이나 다름이 없었다.
아니, 정확히 말하자면 검귀(劍鬼)라 해야 하리라.
'……'
소량은 물러나는 마인들에게는 관심이 없었다. 그저 발치에서 버둥대는 마인을 물끄러미 내려다볼 뿐이다.
도가의 무학을 익혔든, 불가의 무학을 익혔든 무림에 들었다면 언젠가 살인을 하게 된다.
그렇게 한번 살기를 품으면 점점 더 거세어지게 마련인데, 때문에 무학을 배우는 이들은 청심(淸心)을 유지하는 것을 중요하게 여긴다.
살기가 지나치게 커지는 것을 느끼면 폐관하거나 경전을 읽는 등 마음을 다스리려 하는 것이다.
그러나 지금의 소량은 달랐다.
평온한 곳에서 마음을 다스려도 부족한데, 오히려 살심

을 키워야 할 상황에 있지 않은가! 심지어 소량은 평정심마저 잃어버린 채 살기에 몸을 맡기고 있었다.

'더 이상 무학을 펼치지 못하겠지만…….'

소량이 발치에서 벌레처럼 버둥대는 마인을 내려다보며 생각했다. 잠시 갈등하는 듯하던 소량의 얼굴이 잔혹해졌다.

'아니. 능형, 능형의 목을 벤 자들이 아닌가?'

쿵!

소량이 마인의 가슴께를 짓밟았다. 다리를 잃은 채 버둥대던 마인의 가슴뼈가 박살 나며 피가 튀었다.

그것이 결정적이었다.

갓 변화한 탓에 아직 수습할 여지가 있었던 태허일기공이 순식간에 팔 할 이상 살기로 물들고 만 것이다.

'이대로는 안 된다, 이대로는…….'

여느 마인들처럼 두려움에 질린 얼굴로 물러나던 지옥쾌도(地獄快刀)가 주위를 흘끔 돌아보았다.

그리고 이상한 점 하나를 깨달았다.

'이, 이쪽은 공격하지 않는다?'

오로지 도마존을 쫓을 뿐, 지옥쾌도 자신이 있는 쪽은 공격하질 아니한다. 원인을 찾아 주위를 훑어보던 지옥쾌도는 곧 이유를 알아챌 수 있었다.

그가 서 있는 곳에는 흑수촌 백성들의 시신이 있었다.

'시신을 온전히 보존하길 원하는 것이로군.'

지옥쾌도가 희미하게 웃으며 고개를 들었다. 그와 시선이 마주친 서너 명의 마인이 고개를 두어 번 끄덕인다.

지옥쾌도가 침을 꿀꺽 삼키곤 고개를 들었다.

천애검협 진소량은 마치 양떼에 뛰어든 호랑이처럼 피보라를 불러일으키며 앞으로 쏘아지고 있었다.

"소검신! 이들의 장례라도 치러주려는 모양이지?"

정확히 한 걸음에 한 명씩 죽여 나가던 소량의 신형이 멈추었다. 아무 감정도 없던 소량의 눈에 당혹감이 어리는 것을 본 지옥쾌도가 사이하게 웃어 보였다.

"이러면 어떨까?"

쿵!

지옥쾌도가 바닥에 있던 염씨 과부의 머리를 짓밟았다.

한 번, 두 번, 세 번…….

당황한 소량의 눈이 점점 더 커져 갔다.

"크흐흐, 그건 너무 자비롭지. 이건 어때?"

지옥쾌도의 옆에 서 있던 혈염수라(血髥修羅)라는 별호를 가진 노인이 허리를 굽히더니 머리를 잃은 촌장의 시신에서 양팔을 하나씩, 하나씩 뽑아갔다.

"그만—!"

비명처럼 외치는 것과 동시에 소량의 신형이 사라졌다.

'됐다!'

지옥쾌도가 정신없이 두어 걸음을 물러났을 즈음 소량의 신형이 코앞에서 나타났다. 그와 동시에 소량의 등 뒤로 한 자루의 혈검과 두 자루의 검이 쏟아졌다.

소량이 이를 드러내며 신형을 돌리는가 싶더니, 목전에 이른 혈검을 움켜쥐어 그 주인에게로 돌려보냈다. 다른 손에 쥔 검은 여지없이 어느 마인의 목을 꿰뚫고 있었다.

그러나 한 자루의 검만은 막아내지 못했다.

푹!

소량은 옆구리를 파고든 검을 흘끔 내려다보고는 그 검의 주인에게 검결지를 내뻗었다.

"허, 헉? 잠깐… 큽!"

방어하지도 못한 채 왼쪽 눈에서 끔찍한 통증을 느낀 마인이 헛숨을 들이켰다. 그는 왼쪽 눈을 통해서 무언가 뜨거운 것이 머릿속까지 파고드는 것을 느끼며 무릎을 꿇었다.

마인의 두개골 속까지 검결지를 내뻗었던 소량은 거칠게 숨을 들이켜며 옆구리에 꽂힌 검을 뽑아 내었다.

"하하하! 죽어라, 소검신!"

지옥쾌도가 크게 웃으며 소량에게로 덤벼들었다.

옆구리에 검상을 입었으니 천애검협으로서도 움직임이

둔해질 수밖에 없다. 빛조차 가르는 자신의 쾌도라면 능히 천애검협의 목숨을 취할 수 있으리라.

하지만 그의 기대는 이루어지지 않았다.

"으음?"

무언가 턱 걸리는 느낌과 함께 도가 정지했다.

지옥쾌도는 자신의 도를 움켜쥔 천애검협의 손을 보고는 눈을 부릅떴다. 믿을 수 없게도 그 손에는 상처 하나 없었다.

"감히 누구를……."

잔뜩 쉰 목소리가 들려오는 것과 동시에 얼굴에 끔찍한 통증이 느껴졌다. 천애검협이 자신의 얼굴을 움켜쥔 것이다.

쩌저적.

천하의 누구도 들을 수 없는, 오로지 지옥쾌도만이 들을 수 있는 소리가 들려왔다. 지옥쾌도는 그것이 자신의 두개골이 부서지고 얼굴이 뜯겨져 나가는 소리라는 것을 알아챘다.

"끄, 끄으읍."

지옥쾌도가 신음을 토해냈다.

소량은 괘념치 않고 손아귀에 힘을 가득 실었다.

"끄아악!"

우지직 소리가 나는가 싶더니 지옥쾌도의 얼굴이 뜯어져 소량의 손안으로 사라졌다. 지옥쾌도는 산 채로 안면이 찢기고 두개골이 부서져 죽음을 맞고 만 것이다.

 소량은 지옥쾌도의 뇌수와 뼛조각을 털어내고는 털썩 주저앉아 흩어진 염씨 과부의 잔해를 바라보았다. 강간을 당하는 와중에 죽어버린 그녀는 죽어서도 평온을 찾지 못했다.

 소량은 눈물 고인 얼굴로 부서진 잔해를 그러모았다.

 "염씨 아주머니, 아주머니……."

 그녀의 뼈조각들은 다른 시신의 것과 얽혀 알아볼 수조차 없었다. 그토록 그들의 삶을 지켜내고자 했는데, 소량은 그들의 시신조차도 지키지 못했다.

 결국 잔해를 수습하지 못한 소량이 주먹을 움켜쥐었다.

 힘이 과하게 실려 손톱이 손바닥을 파고든 까닭에 주먹에서 피가 몇 방울 떨어져 내렸다.

 '단 한 명도 살려두지 않겠다! 단 한 명도!'

 죽어버린 지옥쾌도야 모르겠지만, 그의 행동은 지독하게 타오르는 화염에 끓는 기름을 부은 것이나 마찬가지였다.

 '아니, 이젠 편히 죽이지도 않겠어.'

 소량이 촌장의 시신에서 양팔을 뽑아낸 혈염수라를 돌아보았다.

소량과 눈이 마주친 혈염수라가 나이에 걸맞지 않게 힉 소리를 내더니 재빨리 경공을 펼쳤다.

"크헉!"

세 걸음도 떼지 못했는데 혈염수라는 뒤꿈치가 화끈거리는 것을 느꼈다. 고개를 돌려보니 발목의 힘줄이 잘려 있다.

서걱!

혈염수라는 기어서라도 도망치려 했으나 이번에는 양 손목에서 통증이 일어난다. 손목이 양쪽 모두 잘린 것을 확인한 혈염수라가 발버둥을 치며 비명을 질렀다.

"크아악, 크아아악!"

소량은 그대로 내버려 둘 뿐, 그를 죽이지는 않았다.

그제야 만족한 듯 고개를 돌릴 뿐.

만약 할머니가 이 광경을 보았다면 슬퍼 통곡하고 말았으리라. 소량은 점점 마인(魔人)이 되어가고 있었다.

"편히 죽고 싶거든 차라리 자결해라."

"으, 으으음."

마인들 틈에서 신음 소리가 들려왔다.

소량이 핏발 선 눈으로 마인들을 노려보며 읊조렸다.

"더 이상 살아 있는 자가 있다면… 형체조차 알아볼 수 없게 만들어주마."

울먹이는 듯 쉰 목소리가 더욱 섬뜩했다. 이전까지는 그저 격전에 불과했다면, 이제는 혈해가 열릴 것이라는 신호였다.

2

 흑수촌의 뒷산이라 할 만한 흑마산(黑馬山)의 기슭 역시 얼음물을 뒤집어쓴 것 마냥 고요했다.
 혈마곡의 마졸들이 흑수촌을 포위하다시피 한 까닭에 흑마산의 현무당원들도 적지 않은 전투를 겪었으나, 지금 보고 있는 천애검협의 혈전에 비하면 조족지혈에 불과했다.
 "천애검협의 무위가 이 정도였던가······."
 청성파의 운송자가 침음성을 터뜨렸다.
 일진광풍(一陣狂風)이라!
 수많은 적을 두려워하지 않고 말 그대로 바람처럼 내달리는 천애검협을 보고 있자니 경외감이 절로 든다.
 경외감 속에는 두려움 역시 적지 않게 깔려 있었다.
 소량의 살기가 이곳까지 전해진 까닭일 터였다.
 "백성들은 어떻게 됐지?"
 현무당원 중 한 명인 흑의창협(黑衣槍俠) 신여송(伸輿頌)이 억눌린 목소리로 질문했다.

"잘 모르겠습니다, 저는 잘 모르겠어요."

육풍문 출신의 무인이자, 현무당에 입단한 지 얼마 안 된 강호초출 장현우가 울음기 섞인 얼굴로 대답했다.

장현우의 마음속 깊숙한 곳은 천애검협처럼 나서지 못한 죄책감과, 저들과 싸웠다가는 목숨을 이어 나가지 못할 것이라는 두려움으로 뒤범벅이 되어 있었다.

그 혼란 섞인 목소리가 제갈영영을 깨웠다. 전날 혼혈을 짚인 탓에 곧바로 정신을 차리지는 못했지만 말이다.

그녀의 기억은 혼혈이 짚이기 전의 상황을 더듬고 있었다.

"나에게는 위험한 곳이 당신에게는 위험하지 않은가요?"

제갈영영의 작디작은 손가락이 움찔거렸다. 전날 느꼈던 초조함, 까닭 모를 슬픔이 올올히 되살아난 까닭이었다.

"왜 도움을 청하지 않나요? 왜 함께 남아 있자고 권하지 않아요? 우리가 우습기 때문인가요?"

왜 도움을 청하지 않았는지 이제는 알 것도 같다.

그렇게 쏘아붙여도 바보처럼 웃음 짓던 그가 가슴 답답

할 정도로 서글퍼서 그녀는 말조차 제대로 이어 나가지 못했다.
 자신을 이해해 준 것이 고마웠던 것일까?
 그가 환하게 웃으며 손을 내밀었다.

"영매(永妹)라고 불러도 되겠소?"

 천애검협이 마지막으로 남긴 말이 떠오르는 것과 동시에, 혼몽 중에 빠져 있던 의식이 명확해졌다.
 그녀는 넋이 나간 사람처럼 멍하니 머리 위에 드리운 소나무 가지를 바라보다가 느릿하게 고개를 돌렸다. 현무당원들이 산기슭에 서서 무거운 침음성을 흘리고 있었다.
 '여기는 어디… 진 대협! 이 바보 멍청이!'
 의식이 사라지기 직전의 상황을 기억하고 있었기에, 제갈영영은 금방 자신이 혼혈을 짚였다는 사실을 유추해 낼 수 있었다. 유추가 끝나자마자 심장이 콱 조여 오는 것이 느껴진다.
 "진 대협은 무사한가요? 흑수촌의 백성들은!"
 제갈영영이 바닥을 가볍게 치며 일어나 현무당원들에게로 달려갔다. 현무당원들의 틈에 서서 산 아래를 내려다보니 한 명의 무인이 수많은 적에 대항해 싸우는 것이 보였다.

피투성이로, 상처 입은 채로…….
제갈영영의 눈에 눈물이 가득 고였다.
"진 대협, 진 대협……."
"깨어나셨구려."
무인들 틈에서 조용히 서 있던 현무당주 운현자가 나직한 목소리로 중얼거렸다. 제갈영영이 다급히 그를 돌아보았다.
"도대체, 도대체 어떻게 된 일인가요?"
운현자는 쉽사리 입을 열지 못했다. 지난 하루 동안 벌어진 모든 일이 그의 머릿속을 괴롭히고 있었다.
천애검협은 말 그대로 목숨을 걸었다.
그가 멍청한 것이라고, 자신은 틀리지 않았다고 생각해 보려 했지만 자괴감과 이유 모를 죄책감은 사라지지 않았다.
지난 하루는 운현자에게 있어 형벌이나 다름없었다.
"어제도 지금처럼 혈전이 있었소. 다행히 천애검협은 끝까지 버텨내었으나 적지 않은 상처를 입은 듯했소."
제갈영영이 다시 산 아래로 시선을 돌렸다.
운현자가 말을 이어 나갔다.
"그 뒤로 천애검협은 혼수상태에 빠진 것 같았소. 마인들이 다시금 모습을 드러냈으나 천애검협은 나타나지 않았어. 혈마곡의 마인들은 천애검협을 찾아 헤맸소. 백성들을 인질로 삼아 한 명씩 죽이며 모습을 드러내라 협박했지."

"그게 무슨!"

"종리 도우, 염 부인, 촌장, 능 도우… 열 명 남짓한 사람이 그렇게 죽었소."

운현자가 단 하루 만에 수십 년은 늙어버린 사람처럼 말했다. 제갈영영이 초조한 얼굴로 외쳤다.

"그럼 여기서 뭘 하고 있나요? 어서 도와야……."

운현자가 대답 대신 눈을 질끈 감았다.

제갈영영이 뒷말을 삼키고는 운현자를 노려보았다.

"아직도 나설 생각이 없는 것이로군요."

운현자에게서는 여전히 대답이 없었다.

제갈영영이 몸을 돌려 앞으로 나섰다.

"나는 가야겠어요."

"잠깐 기다리시오, 소저!"

운현자의 사제인 운송자가 다급히 제갈영영의 어깨를 움켜쥐었다.

제갈영영은 그의 손길이 닿는 것조차 꺼림칙하다는 듯 금나수를 펼쳐 운송자의 손길을 뿌리쳤다.

"무엇을? 무엇을 기다리란 말인가요? 이대로 부끄럽게 서서 천애검협이 죽을 때까지 기다리란 말인가요?"

혈해(血海) 29

"이렇게 나갔다가는 개죽음을 맞게 되오! 누군들 나서서 싸우고 싶지 않겠소? 나 역시 싸우고 싶소! 나 역시 싸우고 싶단 말이오! 그러나 나는 무림맹의 무인이오! 그대는 제갈세가의 여식이고! 우리는 여기서 죽어서는 안 된단 말……!"

"닥쳐!"

제갈영영이 새된 목소리로 외쳤다.

그녀의 입에서 이처럼 거친 말이 나올 줄은 미처 몰랐던 운송자의 눈이 휘둥그레 커졌다.

"더 이상, 더 이상 정도(正道)의 무인임을 자처하지 마."

제갈영영은 운송자의 얼굴에서 시선을 떼어 다른 현무당원들을 바라보았다.

한 명, 한 명의 얼굴을 훑어보던 제갈영영이 마지막으로 운현자를 주시했다.

"혈마곡이 본격적으로 행보를 시작했다는 것을 알리기 위해 피해야 한다고? 웃기지 마, 그건 한두 명만 보내도 할 수 있는 일이었어. 흑수촌을 버릴 만한 핑계는 되지 않아."

"말이 너무 심하시오, 소저."

운송자가 말렸지만, 제갈영영의 시선은 운현자에게서 떨어지지 않았다. 운현자는 그녀의 시선을 피해 고개를 숙였다.

"이런 곳에서 죽는 건 개죽음이라고 생각했어? 더 나은 곳에서 죽고 싶었어? 솔직하게 이야기하시지! 죽기 싫다고! 무인임을 자처했지만 당신들은 죽음이 두려웠던 것뿐이야!"

"닥치시오, 소저!"

이번엔 운송자가 제갈영영의 어깨를 거칠게 잡아챘다.

제갈영영은 그래도 말을 멈추지 않았다.

"천애검협은 그런 당신들의 목숨마저도 구하고 싶었겠지! 가증스럽게 무인임을 자처하면서도 온몸으로 죽기 싫다 외치는 당신들마저 살리고 싶어서, 그래서 혼자 남아서……."

제갈영영이 말을 하다 말고 입을 다물었다.

현무당원 중 가장 어린 축에 속하는 유현승(油賢丞)이 거친 목소리로 반박했다.

"그만, 제갈 소저! 우리가 다 죽어야 속이 풀리겠소?"

"흥! 사실 살아 있는 게 더 부끄러운 일이지."

유현승과 동갑내기였던 현무당원 임종호(任從虎)가 퉁명스럽게 중얼거렸다.

"살아 있는 게 부끄럽다? 그럼 자네도 제갈 소저와 함께 나서! 그러면 될 일 아닌가?"

"그렇지 않아도 그럴 생각이야!"

몇 명이 갑론을박을 벌이는가 싶더니 이내 혼란이 가중되었다.

죄책감을 숨기기 위해서일까? 현무당원들은 평소보다 더 거친 어조로 서로를 탓하고 있었다.

지난 하루 동안 현무당원들의 마음속에 쌓여왔던 울분과 죄책감이 제갈영영의 말로 인해 폭발해 버린 것이다.

혼란 속에서 운현자가 손으로 일그러진 얼굴을 감쌌다.

제갈영영의 말을 부정하고 싶었다.

감히 청성파의 일대제자이자 현무당의 당주인 자신의 명예를 모욕했다고 노호성을 터뜨리고 싶었다.

하지만 도저히 그럴 수가 없다.

'죽음이 두려웠던 것이었나?'

그는 천애검협을 이해할 수 없었다.

백성들과 스스럼없이 어울리는 모습을 이해하려고 노력해 보았지만 결국엔 이해하지 못했고, 때문에 그의 행동을 위선으로 치부했다.

마지막까지 남겠다는 그의 행동 역시 스스로의 무학만을 믿고 오만하게 구는 것이라고 생각했다.

무림맹을 먼저 생각하지 않고, 대의(大義)를 먼저 생각하지 않고 소의(少義)에 목숨을 바친다고 생각했었다.

'나는 두려워했던 것이었나?'

지독한 자괴감 속에서 운현자가 이를 악물었다.

천애검협처럼 되고 싶었으나 될 수 없었다. 무학이 약해서, 가진 바 능력이 되지 않아서 어쩔 수 없다고 생각했었다.

그러나 아니었다.

천애검협은 무학을 믿고 오만했던 것이 아니라 목숨을 걸었던 것이었고, 자신에게는 그럴 용기가 없었던 것뿐이었다.

죽음 그 자체는 두렵지 않으나, 무의미한 죽음만큼은 두려웠다.

한 점 가망도 없는 일에 뛰어들어 죽는 것보다는 최소한 명예를 얻을 수 있는 곳에서 죽고자 했었다.

그래서 백성들을 버렸다.

무의미한 죽음이라고 생각했기에 백성들을 살리기 위한 노력조차 해보지 않고 지레 포기하고 도망쳐 버렸다.

'빌어먹을! 도대체 무엇이 무의미한 죽음이란 말인가!'

운현자가 천천히 고개를 들었다.

현무당원들은 그때까지도 서로 다투고 있었다.

그 순간, 운현자의 머릿속에서 무언가가 부서졌다.

'명예가 무엇이기에! 대의가 도대체 무엇이기에!'

운현자가 이를 악무는 사이, 제갈영영이 외쳤다.

"나 역시 천애검협의 뜻을 존중하겠어. 하지만 더 이상은 나를 막지 마! 계속 막는다면 살수를 쓸 거야."

"살수? 쓰시오. 그래도 소저께서는 갈 수 없……."

운송자가 차가운 눈으로 제갈영영을 노려보며 검갑에 손을 가져갔다.

가지 못하게 말리는 것이 첫 번째 목표라면, 감히 모욕적인 말을 지껄인 죄로 벌을 내리는 것이 두 번째 목표였다.

그때, 따뜻한 손이 운송자의 손을 뒤덮었다.

"그만해라. 모두 그만하시오!"

"사형?"

운송자가 자신을 가로막은 운현자를 멍하니 바라보았다.

현무당주가 직접 나서자 혼란도 잠시나마 멈추었다. 현무당원들은 딱딱하게 굳은 얼굴로 운현자를 주시했다.

운현자는 신입 현무당원, 장현우를 불렀다.

"당주로서 명하겠소. 육풍문의 장 도우! 그대는 서 도우와 함께 떠나 무림맹에 혈마곡의 본궁이 움직였음을 알리시오. 이는 무림의 중대사이니 반론은 허락지 않겠소."

"사형! 그게 무슨 말씀……!"

운송자가 버럭 외치자 운현자가 그를 돌아보았다.

"제갈 소저의 말이 옳아."

운송자는 운현자의 눈에서 죄책감과 자괴감을 읽어냈다.

그러나 그것도 잠시, 운송자는 곧 운현자의 눈 안에서 자그마한 불꽃을 발견할 수 있었다.

평소의 사형과 같은, 아니, 그보다 더욱 굳건한 각오가 그 안에 어려 있었다.

"피하고자 하는 분이 계시면 말씀하시오. 보내 드리겠소."

운현자가 다시금 현무당원들을 돌아보며 말했다.

현무당원들 사이로 잠시 무거운 침묵이 흘렀다.

"나는 함께하겠소."

"나 역시."

현무당원들 틈에서 대답이 흘러나오기 시작했다.

몇 명은 두려움을 이기지 못해 장현우를 쫓겠다고 했고, 몇 명은 각오 어린 얼굴로 운현자와 행동을 같이하기로 결정했다.

"부끄럽구려, 제갈 소저."

운현자가 쓸쓸하게 웃으며 제갈영영에게 말했다.

"아니, 제갈 소저에게 부끄러울 일이 아니지. 소저의 말씀이 옳소. 나는 천애검협에게, 나 자신에게 부끄럽구려."

"운현 도장?"

제갈영영이 의아한 얼굴로 운현자를 불렀다.

운현자는 그녀를 스쳐 지나가며 산 아래로 향했다.
"나는 이제야 진짜 무인이 될 수 있을 것 같소."
운현자의 음성이 오래도록 흑마산을 맴돌았다.

第二章
천운(天運)

1

 소염마(少炎魔)는 그야말로 겁에 질려 있었다.
 마치 한지에 한 줄기 선을 그은 것처럼 질주하는 천애검협을 보자 두려움을 금할 수가 없다. 일 검에 한 명씩 베어 나가는 모습에 소염마는 저도 모르게 뒷걸음질 치고 말았다.
 '이건 아니야, 이건…….'
 마인들이 합공으로 길을 가로막자 천애검협이 태룡도법을 펼치기 시작했다. 기이한 흡인력과 함께 태룡과해가 펼쳐지더니, 곧바로 검강이 줄기줄기 뻗어 나와 비처럼 내린다.

가장 무서운 것은 마지막, 태룡승천의 초식이었다.

안개처럼 희뿌옇게 기력이 발출되고 나면 언제 죽었는지도 모르게 동료들이 스러지는 것이다.

'천하에 누가 있어 저와 같은 자를 대적할 수 있단 말인가? 혈마께서 직접 행차하시지 않는 한 불가능할 것이다.'

천하의 도마존이라 해도 이길 수 있을 것 같지가 않다. 겁을 집어먹은 소염마가 긴장한 눈으로 소량을 바라보았다.

쿵―!

쓰러진 마인 위에 올라탄 천애검협이 다음 먹잇감을 찾아 눈빛을 빛냈다. 소염마가 할 수 있는 것이라고는 그저 그 눈빛이 자신을 향하지 않기만을 바라는 것뿐이었다.

'우, 우리는 건드려서는 안 될 걸 건드린 거야.'

백성들의 목숨을 취해서는 안 됐다.

도주하는 자는 쫓지 않겠다던 말을 기억했어야 했다.

협객이라더니, 이럴 줄 누가 알았겠는가!

결국 아무도 상대할 수 없는 괴물을 탄생시키고 말았다.

'이대로는 반드시 죽는다. 도망쳐야 해……!'

소염마가 연신 소량을 흘끔거리며 몸을 돌렸다.

소염마와 같은 생각을 한 이들이 적지 않았는지, 벌써 일

고여덟 명의 마인이 몸을 돌려 경공을 펼치고 있었다.

 소염마는 소량을 등지자마자 할 수 있는 한 최대한의 공력을 끌어올려 경공을 펼쳐 나갔다.

 그렇게 얼마나 달렸을까.

 쐐애액!

 "크헉!"

 좌측에서 비명 소리가 들려오자 소염마가 눈을 부릅뜨며 고개를 돌렸다. 목을 잃어버린 것도 모르는지, 머리 잃은 몸이 저 혼자 서너 걸음을 달음박질치고 있었다.

 그 너머로 어느 마인 하나가 비명도 지르지 못한 채 피안개가 되어 사라지는 모습이 보인다.

 곧이어 또 다른 마인이 다리를 잃은 채 바닥에 엎어졌고, 또 다른 마인이 상체와 하체가 분리된 채 쓰러졌다.

 "으, 으아악!"

 공포를 이겨내지 못한 소염마가 비명을 질렀다.

 도망을 치더라도 쫓아가서 죽이겠다는 섬뜩한 선언이 이제 현실이 되어 다가오고 있었다.

 턱—

 그때, 누군가의 손길이 목덜미에서 느껴지더니 이내 거세게 목이 조여 왔다. 목에서 불이라도 난 것처럼 뜨거운 격통이 몰려오는 것과 동시에 목젖에 서늘한 무언가가 와

닿는다.

소량이 목을 움켜쥐고 검신을 목젖에 가져다 댄 것이다.

스으윽—

뱀이 쉿소리를 내는 것과 비슷한 소리가 들려오는 것과 동시에, 목이 잘린 소염마가 꾸르륵 소리를 내며 넘어졌다.

"……."

소염마를 죽인 소량이 차가운 눈으로 뒤를 돌아보았다.

아무리 양신이 태동하고 환골탈태가 이루어졌다고는 하나, 소량의 공력에도 한계는 있었다.

본래대로라면 천지교유(天地交遊)의 경지에 올라 천지간의 기운과 소통했을 터이나, 살기를 품어 태허일기공이 변질된 까닭에 오직 자신의 내공만으로 버텨야 했던 것이다.

강물이 아니라 우물에서 물을 퍼내었으니 마르지 않고 배길 리가 있으랴!

이대로라면 진원지기(眞元之氣)까지 소용하게 될지도 모르거늘, 소량은 자신의 상태를 알아차리지 못했다.

그저 지치지 않는 괴물처럼 끝까지 내쳐 달릴 뿐이었다.

'아무도 도주하지 못한다, 아무도!'

드드드—

소량이 무림맹에서 모용세가의 장로들을 상대했을 때처럼, 기세를 가득 끌어올려 사방을 짓눌렀다. 뒤늦게 도주를 시도했던 마인들이 균형을 잃고 짓눌려 신음을 토해냈다.

하지만 이미 멀찍이 물러난 마인들이 한두 명이 아니었다. 그들이 모두 같은 방향을 선택한 것도 아니었고 말이다.

도주한 자들은 말 그대로 사방으로 흩어지고 있었다.

쿵—!

소량이 거칠게 진각을 밟자 바닥에 가득 널려 있던 시체들과 병장기들이 허공으로 솟구쳤다.

소량은 장심을 뻗어 몇 자루의 검과 창을 밀어냈다.

쐐애액—

"커헉!"

"크읍!"

동쪽으로 경공을 펼치던 마인들이 앞으로 고꾸라졌다. 개중 무공이 뛰어난 마인들은 소량이 공격하는 것을 알고 도주를 포기한 채 뒤로 물러났지만 말이다.

소량은 이번엔 그 반대편을 바라보았다.

흑마산으로 도주하려는 듯 마인들이 달려가고 있었다.

'한 명도 살려 보내지 않아!'

소량이 용천혈로 태허일기공을 가득 실어 보냈다.

소량의 의견에 찬성한다는 듯 반갑게 으르렁거리던 태허일기공이 소량의 신형을 화살처럼 쏘아 보냈다.

말 그대로 섬전처럼 흑마산 쪽으로 다가간 소량이 경공을 펼치던 그대로 내력을 끌어올렸다.

콰콰콰쾅—!

소량의 검에서 빛살이 일어나는 것과 동시에, 커다란 굉음이 울려 퍼졌다. 소량의 검은 마인들이 아닌 흑마산을 겨냥하고 있었던 것이다.

쿠쿠쿵!

흑마산의 야트막한 절벽에 소량의 검강이 부딪히자 산이 진동하기 시작했다. 아니, 진동이라기보다는 그냥 무너지기 시작했다는 말이 옳으리라.

"헉?!"

"피, 피해라!"

흑마산을 오르던 마인들 틈에서 비명이 터져 나왔지만 이미 때는 늦은 후였다.

경공에 능한 몇 명이야 다시금 후퇴했다지만 열다섯 남짓한 마인은 소량이 일으킨 산사태에 쓸려가 버리고 말았다.

"어, 어떻게 이럴 수가!"

어느 마인 하나가 비명처럼 외쳤다.

경천동지(驚天動地)라는 말을 들어본 적이 있긴 하지만, 지금은 정말로 땅을 움직여 버린 셈이 아닌가!

마인들이 경악하는 사이, 소량이 뒤를 흘끔 돌아보았다.
"잠깐, 잠깐!"
소량의 뒤편에 서 있던 마인, 흑운색마(黑雲色魔)가 재빨리 검을 버렸다. 어떻게든 도주하고 싶었으나, 천애검협이 이처럼 지근거리에 있으니 도망을 칠 수가 없다.
"제발 살려만······."
말로는 살려달라고 했지만, 통하지는 않을 것이라 생각한 흑운색마가 두려움에 질려 바들바들 떨었다.
하지만 흑운색마의 예상과 달리, 천애검협은 일순간이나마 움직임을 멈추었다.
흑운색마의 눈동자가 커졌다.
'호, 혹시?'
잘만 하면 살 수 있을지도 모른다고 생각한 흑운색마가 재빨리 무릎을 꿇고 머리를 조아렸다. 두려움에 질려 목소리조차 제대로 나오지 않아서 그는 몇 번이나 침을 삼켜야 했다.
마침내 흑운색마의 입에서 목소리가 새어 나왔다.
"사, 살려만 주신다면 견마지로를 다하겠습니다요."
"네 목소리······."
소량이 이를 악물며 중얼거렸다.
양신이 태동했을 때, 소량은 손가락 하나 꼼짝하지 못하는 처지에 빠져 있었다. 마인들은 그런 소량 대신 흑수촌의 백성들을 죽였는데, 산 채로 목내이가 되어버린 꼴이나 마찬가지였기에 소량은 그들의 소리만 듣고 있을 수밖에 없었다.

그중에는 염씨 과부를 죽인 자의 목소리도 있었다.
바로 흑운색마의 목소리였다.

"취하는 중에 죽이는 것이야말로 재미있는 법이지!"

섬뜩한 살기와 함께 소량이 흑운색마에게로 쏘아졌다.
"컥!"
연신 머리를 조아리던 흑운색마가 비명을 터뜨렸다. 갑자기 몸이 뒤집히며 뒤통수에서 통증이 느껴지는 것이다.
흑운색마를 바닥에 꽂아버린 소량이 그의 눈을 주시했다.
"네 목소리를 기억해."
"그게 무슨… 큭!"
단번에 죽이는 것은 지나치게 자비롭다. 흑운색마의 목을 움켜쥔 소량이 검갑으로 그의 얼굴을 내려찍었다.
한 번, 두 번, 세 번.
"끄아, 끄아아!"

내력조차 섞지 않고 오로지 근력으로 내려찍는데, 한 번씩 내려찍을 때마다 흑운색마의 얼굴이 조금씩 납작해졌다.

아니, 납작해지는 것으로도 모자라 함몰되기 시작한다.

흑운색마에게서 조금씩 비명이 사라져 갔지만, 소량은 그의 얼굴을 내려찍기를 멈추지 않았다.

"후우, 후우—"

그렇게 얼마나 지났을까.

소량이 거칠게 숨을 토해내며 고개를 들었다.

마혈을 짚였기에, 흑운색마는 자결조차 하지 못하고 지옥과도 같은 고통을 겪다가 이제야 죽음을 맞았던 것이다.

'아직 끝나지 않았다, 아직.'

주위를 둘러보던 소량이 눈빛을 빛냈다.

아직도 마인은 열 명가량 남아 있었다.

삶의 욕구를 포기하지 못했는지, 그들은 어떻게든 도주하려는 듯 뒤로 피하고 있었다.

하지만 소량에게는 그들을 보내줄 생각이 없었다.

콰아앙!

또다시 굉음과 함께 태룡도법이 펼쳐졌다.

"끄어읍, 끄읍!"

"크아악!"

마인들의 비명 소리가 뒤를 이었지만, 소량은 괘념치 않고 태룡치우로 초식을 이어갔다.

얼핏 보기엔 몰아지경에 빠져 있는 듯 보이지만, 소량은 마인들 한 명, 한 명의 생사를 정확히 꿰뚫어보고 있었다.

태룡도법의 마지막 초식인 태룡승천을 펼치자 피안개가 일어났다. 그 와중에도 마인들이 두 명이나 살아남은 것을 확인한 소량이 차가운 얼굴로 경공으로 펼쳤다.

"잠깐! 잠깐만, 천애검협!"

남몰래 독을 준비하고 있던 추혈노호(追血怒虎)가 다급히 외쳤다. 냄새가 풍기면 하독했다는 사실이 들킬 터, 신중하게 움직여야 하는데 천애검협은 그만한 여유를 주지 않았다.

"끄윽!"

창졸간에 목이 꿰뚫린 추혈노호가 스르르 무너졌다.

마지막으로 남은 마인, 사궁(邪弓)이 몸을 부르르 떨었다.

"정녕 괴물이로다!"

한 손이 열 손을 당해낼 수 없다는 말이 있다.

아무리 날고 기는 무인이라 해도 격전이 계속되다 보면 지치게 마련이고, 그러다 보면 언젠가 집중력이 떨어지게 마련이다. 한낱 인간의 몸으로는 다수의 공격에 살아남을 수가 없는 것이다.

한 손이 열 손을 당해내려면 사람이 아니어야 한다.
지금의 천애검협처럼.
"무신(武神)……."
아니, 살기를 보면 염왕(閻王)이라 말해야 옳으리라.
전의를 잃어버린 사궁이 눈을 지그시 감았다.
오래 지나지 않아 염왕이 그에게 죽음을 판결했다.
서걱!
눈 깜짝할 사이에 머리를 잃은 사궁이 팔다리를 허우적 댔다. 죽음 이후의 몸짓이 마치 소량을 조롱하는 듯했다.
휘이잉—
어디선가 바람 한 점이 불어왔다.
"……."
물끄러미 사궁을 내려다보던 소량이 눈을 지그시 감았다.
갑자기 지독하게 허망해졌다.
마인들을 모두 죽이면 분노가 사라질 줄 알았는데, 슬픔도 분노도 여전히 그 자리에 남아 있었다.
소량이 눈물이 고인 얼굴로 고개를 숙일 때였다.
귓가에 도마존의 목소리가 들려왔다.
"이제 끝났나?"
"…도마존."

소량의 눈에 다시 살기 어린 안광(眼光)이 어렸다.
아직 끝난 것이 아니었다.

2

지금까지 소량이 펼친 무위를 보고도 도마존의 안색은 태연하기만 했다. 아니, 그는 오히려 흥분하고 있었다.

태허일기공이야말로 신선의 절학이라더니, 분노에 취한 상태에서도 믿을 수 없을 만큼의 무위를 보이지 않는가!

한편으로는 흥분만큼이나 후회가 되기도 했다.

'백척간두진일보(百尺竿頭進一步)라 했던가? 어제의 천애검협과 오늘의 천애검협은 다른 사람이나 마찬가지다. 다만 살기에 지나치게 휩싸인 것이 아쉽구나. 그가 살기에 취하지 않았더라면 나는 더 많은 것을 얻을 수 있었을 것이다.'

도마존은 마인 중에서도 한 손에 꼽히는 마인이다.

살기가 어떻게 중첩되는지, 그것이 어떻게 마기로 바뀌는지 도마존보다 잘 아는 사람은 드물 것이다.

그는 소량의 상태를 한 눈에 알아볼 수 있었다. 살기에 잠식되어 있는 것이나 마찬가지, 즉 반마(半魔)의 상태다.

그 상태로라도 특별한 재주를 보여주었다면 좋았을 텐

데, 안타깝게도 지금 보여주는 재주는 어제 보았던 기묘한 한 수에 미치지 못했다.

'이건 태허일기공의 진면목이 아니야. 내 급한 성미를 진작 고치지 못해 일을 그르쳤으니… 안타깝구나, 안타까워!'

도마존이 안타까운 듯 혀를 찼다. 마음에 드는 장난감을 실수로 부숴 버린 아이의 것과도 비슷한 안타까움이었다.

"이처럼 살기를 품은 것을 보니 백성들과 적지 않은 교분을 쌓았던 모양이야. 아니 그런가?"

"입 닥쳐!"

소량의 눈에서 귀화(鬼火)가 피어오르는 것과 동시에 오행검의 목검세(木劍勢)가 날아 들어왔다.

아니, 엄밀히 따지면 목검세라 말하기도 뭣하다.

오행검에 남궁세가에서 배웠던 창궁무애검의 묘리, 태룡도법을 수습해 나가며 얻은 깨달음이 뒤섞여 이제는 새로운 검로라 말해야 옳을 만한 초식이었다.

드드드—

도마존이 뒤로 삼 보(三步)를 물러나 피해내자 무림맹에서 했던 것처럼 소량이 기세를 펼쳐 도마존을 짓눌렀다.

도마존은 느긋하게 내력을 일으켜 그것을 차단했다.

사궁이라는 마인이 말했던 것처럼 소량이 입신지경(入神之境)에 오른 것은 분명한 사실이다. 양신이 태동하였으니 삼천존과 같은 경지에 올랐다고 해도 틀린 말은 아니리라.

도마존 역시 삼천존과 비등한 무위를 가지고 있으니, 굳이 따지자면 소량과 도마존은 동수라 할 수 있다.

하지만 같은 경지일지라도 차이는 있는 법이다.

환골탈태가 진행하는 순간에 살기를 머금은 바람에 소량은 목전에 다가온 깨달음을 놓친 상태였다. 경지에는 올랐으되, 완전히 오르지 못하고 반만 오른 셈인 것이다.

바로 그 차이가 고하(高下)를 나누었다.

"크윽!"

여태 신음 한 번 없던 소량의 입에서 짧은 신음이 터져 나오는가 싶더니, 신형이 무려 사 장 넘게 튕겨났다.

콰아앙!

소량이 바닥에 처박히자 흙먼지와 함께 운석이 처박힌 듯한 구덩이가 생겨났다. 바닥에 처박힌 소량은 내상을 수습하지도 않고 곧바로 몸을 튕겨 공격에 나섰다.

도마존이 그런 소량을 바라보며 외쳤다.

"도가정종의 무학일수록 마음을 수련하는 법을 먼저 배운다고 들었네! 태허일기공의 묘용이야 익히 아는 바, 지금이라도 마음을 다스려 보는 것이 어떤가?"

"그 입, 닥치라 말했다!"

콰콰콰콰—!

소량의 검에서 빛살이 일어나는가 싶더니, 오행검의 화검세가 천지를 불태울 듯 강맹하게 펼쳐졌다.

"흐음!"

스스로 일가를 이루어 무학을 창시한 도마존이었지만, 그는 자신의 도법에 이름조차 붙이지 않았다. 그러나 도마존이 펼쳐내는 무명도법(武名刀法)은 그야말로 섬뜩한 것이었다.

도마존의 도가 세 갈래로 나뉘어 불길의 진로를 방해했다.

콰앙!

도마존의 도법과 마주치자 불길이 방향을 바꾸었다.

도마존의 도 역시 방향을 바꾸어 불길의 궤적을 추적했다.

쿵, 쿵, 쿠쿵!

도마존의 일 도와 소량의 일 검이 부딪칠 때마다 우레와 같은 굉음이 일어났다.

그렇게 육합을 겨뤘을 즈음, 도마존이 허공에서 한 바탕 몸을 뒤집더니 앞으로 쏘아졌다.

이번에는 먼저 공세를 취하기로 한 것이다.

이름조차 짓지 않은 도법이긴 했지만 일 도가 하늘을 가득 채우니[滿天], 그야말로 신공이라 할 만했다.

소량은 수검세로 그것을 막아갔다.

검벽(劍壁)이라 해야 하는가? 강기가 중첩되어 벽을 만드니 도마존으로서도 쉬이 뚫을 수가 없다.

쿠쿠쿵!

소량이 흘려낸 도마존의 도강이 바닥에 부딪치자 커다란 구멍이 생기며 흙먼지가 피어올랐다. 광포한 바람이 사방에 널린 시체를 쓸어버리며 말 그대로 쑥대밭을 만들었다.

인간의 한계를 벗어난 무인 두 명이 결전을 벌이니 사방이 초토화가 될 수밖에 없는 것이다.

흙먼지 속에서 도마존의 강기가 짓쳐들어 왔다.

"큭!"

소량의 어깨 죽지에서 피가 튀어 오르는 것과 동시에, 도마존이 느긋하게 중얼거렸다.

"오행검이 절정에 달했구나!"

한참 물러난 소량이 도마존을 노려보며 검로를 바꾸었다.

그 순간, 소량의 검에서 검강의 형태가 사라졌다. 무형검강이 사방을 감싸자 도마존이 가볍게 탄성을 토해냈다.

"흐음!"

콰지직—!

도마존이 진각을 밟자 땅이 한 치가량 움푹 파였다. 도마존은 그 상태로 단조롭게까지 느껴지는 도초를 펼쳐 나갔다.

쩌적!

도마존의 도가 지나가자 무형검강이 반으로 갈라졌다.

굳이 따지자면 도마존의 파훼법은 전날과 대동소이한 것이었다. 소량이 양신의 태동을 겪고 환골탈태를 이룬 까닭에 내력을 가득 실어야 하긴 했지만 방식만은 같았다.

무형검강에 가득 실었던 공력이 가닥가닥 끊어지자 소량으로서도 적지 않은 내상을 입을 수밖에 없었다.

"쿨럭, 쿨럭!"

소량이 몇 걸음을 물러나며 기침을 쿨럭쿨럭 토해냈다.

무형검강을 베어내긴 했으나 도마존 역시 성치는 않았다.

어깨와 팔목, 허벅지에 검상이 있는 것은 물론, 가슴팍의 옷자락도 쩍 갈라져 있다. 옷자락 밑의 피부에는 기나긴 사선이 그어져 있는데, 그 너머로 검붉은 살덩이가 드러나 있었다.

하지만 도마존의 안색은 여전히 여유로웠다.

지금 얻은 상처는 말 그대로 피륙의 상처에 불과한 것,

소량이 입은 내상에 비하면 다치지 않은 것이나 다름이 없다.

지금의 소량은 살기에 취한 광인마냥 그간 익힌 것만 쏟아내고 있었는데, 그것을 상대하는 것은 도마존에게 있어서 여반장이나 다름이 없는 일이었던 것이다.

소량의 패배(敗北)!

그것도 완벽한 패배였다.

"나는 이제 자네를 죽일 걸세."

도마존이 한 걸음을 앞으로 내딛으며 말했다.

한낱 인간의 몸이 마치 태산(泰山)처럼 느껴졌다. 그에게서 느껴지는 기세도 이전과는 달랐다. 무림맹에서의 상황과 반대로, 이번엔 소량이 상대의 기세에 짓눌려 버리고 만 것이다.

"크으윽!"

"살고 싶다면 어제 보여줬던 걸 다시 보여주게."

도마존은 아직 욕망을 버리지 못했다. 어쩌면 천애검협이 지금이라도 마음을 다스리고 진정한 태허일기공을 보여줄지 모른다. 아니면 분노의 극에 달해 다른 무학을 탄생시키든가.

소량이 살기 어린 눈으로 그런 도마존을 노려보았다.

소량 역시 아직 복수(復讐)를 포기하지 않았다.

'죽인다.'

목숨이 경각에 달했으니 생존을 갈구하는 것이 본능이 거늘, 살기에 취한 소량은 전혀 다른 것을 갈구하고 있었다.

'반드시 죽인다.'

패배는 패배일 뿐.

무공의 고하가 반드시 생사를 가르는 것은 아니다.

소량은 그리 오래 지나지 않아 방법을 찾아냈다.

'…심장을 주지.'

소량이 그렇게 생각할 때였다.

도마존이 마침내 절학을 펼치기 시작했다.

무엇이든 극에 이르면 단순하게 보인다던가!

그의 육신이 태산처럼 보였던 것처럼, 그가 뻗어내는 대수로울 것 없는 일도 역시 태산처럼 보였다.

소량이 가진 바 최고의 절학, 태룡도법을 펼쳐 나갔다.

소량의 검에서 기이한 흡인력이 발생하더니 한 줄기 강기가 용처럼 구불구불 도마존에게로 쏘아진다.

쿠웅!

그러나 용은 도마존의 도를 만나자마자 벽을 만난 것처럼 주춤하더니 이내 부숴져 버렸다. 도마존의 도는 그것으로는 어림도 없다는 듯 소량의 머리를 갈라왔다.

"큭!"

겨우 반 보를 피해냈으나 어깨에서 피가 튀는 것만은 막을 수 없었다. 소량은 벌써 같은 곳에 두 번이나 상처를 입었다는 것도 괘념치 않고 다시금 태룡치우를 펼쳐 나간다.

안타깝게도 강기의 비 역시 도마존을 적시지 못했다.

기껏해야 한두 군데 정도의 검상이나 입혔을 뿐.

"제법이긴 하지만 이건 내가 원한 게 아닐세!"

볼에서 피가 튀는 것을 느낀 도마존이 크게 외치며 공격을 이어 나갔다. 소량은 피하는 대신 앞으로 튕겨 나갔다.

태룡승천이라!

가능한 한 모든 내력을 쏟아 초식을 펼쳐내는 것과 동시에, 바닥에 눕듯이 미끄러져 도마존을 스쳐 지나간다.

도마존의 신형이 소량을 쫓아 회전했다.

"흡!"

겨우 자리에서 일어난 소량이 이번엔 도마존의 뒤쪽으로 향했다. 이미 반 바퀴나 회전했던 도마존이 차가운 눈으로 소량을 노려보며 완벽하게 한 바퀴 회전했다.

그 상태에서 소량이 기세를 펼쳐 나갔다.

무림맹에서 했던 것처럼 도마존을 완벽하게 짓누르지는 못하겠지만 잠시만 발목을 묶을 수 있으면 된다.

"놈!"

도마존이 이번에도 같은 수냐는 듯 노호성을 터뜨리며 소량의 흉부를 베어 나갔다.

그 순간, 도마존의 시선과 소량의 눈이 마주쳤다.

도마존의 얼굴에서 순식간에 여유가 사라졌다.

'속임수?'

비록 온전하게 환골탈태를 겪지 않았다지만, 천애검협은 도마존으로서도 쉽게 대적할 수 없는 상대였다.

상처 하나 입지 않으려 했다가는 도리어 목숨의 위기가 올 터, 치명상이 아니라면 작은 상처는 감안할 수밖에 없다.

천애검협이 노린 것 역시 그것이었다.

작은 상처나 겨우 입힐까 싶었던 천애검협의 검로가 바뀌기 시작했다. 이대로라면 흉부를 넘어 심장이 베일 텐데도 그는 죽음마저 도외시하고 자신의 목을 찔러오는 것이다.

도마존의 등골에 소름이 오싹 돋아 올랐다.

'동귀어진(同歸於盡)!'

이미 초식을 바꾸기엔 늦은 셈!

도마존이 맨 손으로 소량의 검을 막아가는 것과 동시에, 도의 방향을 바꾸어 소량의 팔을 베어 나갔다.

그것으로도 모자라 각법까지 펼친다.

쿠웅—!

소량의 팔에 기나긴 도상이 생기더니, 신형이 오 장 넘게 튕겨났다. 다급한 탓에 각법에 경력이 제대로 싣지 못했는지, 쓰러진 소량은 구덩이를 만드는 대신 주르륵 밀려났다.

비틀거리며 자리에서 일어난 소량이 허리를 반으로 굽힌 채 비명을 토해냈다.

"아악, 아아악!"

예전과는 비교도 할 수 없는 내상이었다.

환골탈태를 겪은 탓인지 내상을 입어도 이를 악물고 버티면 견딜 만했는데, 지금의 내상만은 견딜 수가 없다.

회심의 일격은 그렇게 실패했다.

쉐애액—!

도마존은 소량이 쉴 만한 여유를 주지 않았다.

피륙의 상처에 불과했던 이전과 달리, 이번만큼은 도마존도 적지 않은 손해를 입어야 했다.

소량의 공격을 완전히 막지 못해 목에서 핏물이 흘렀고, 검강을 막아냈던 손은 걸레짝처럼 변해 버렸다. 도마존의 마음에 경각심이 일어난 것은 당연한 일이라 할 수 있었다.

"흐읍!"

도마존이 코앞에 나타나자 겨우 통증을 참아낸 소량이 재빨리 뒤로 신형을 물렸다. 태룡도법 대신, 새로운 검법이라고 말해야 할 정도로 변해 버린 오행검이 펼쳐졌다.

쾅, 쾅, 콰쾅!

할 수 있는 모든 재주를 펼쳐 보았지만 소량으로서도 막는 것이 고작이었다. 도마존이 방심을 버리고 달려드니 공격 하나하나가 섬전과 같고 방어는 철벽과 같다.

그때, 누구도 예상치 못한 사소한 변화 하나가 일어났다.

쩌적ㅡ

소량이 쥐고 있던, 누구의 것인지도 모를 철검에 금이 가기 시작했다. 도마존은 눈치채지 못했지만 소량만큼은 자신의 검에 생긴 변화를 알 수 있었다.

"……!"

소량의 눈빛이 반짝 빛났다.

살기에 취해 이성을 잃고 죽이겠다는 일념만 거듭할 뿐이었지만, 어떻게 하면 죽일 수 있을지에 대한 부분에서만큼은 달랐다. 그 부분에서만큼은 소량의 이성은 너무도 냉철했다.

'단 한 번…….'

진원지기를 소용한다면, 단 한 번만큼은 도마존과 대등한 내력을 뿜어낼 수 있을 것이다.
　내력을 응축시켰다가 폭발하듯 전개시킨다면 말이다.
　결심을 마친 소량이 조금씩 태허일기공을 내부로 거두었다. 검에 실려 있던 검강이 서서히 흐릿해졌다.
　도마존 역시 절초를 준비하긴 마찬가지였다.
　자연검로(自然劍路)를 쫓았던 검마존과 달리, 도마존의 무명도법은 심도(心刀)의 경지를 추구한다. 비록 완전하지 못하다지만 천애검협의 목숨을 거두는 데는 무리가 없으리라.
　도마존이 섬뜩한 미소를 지으며 일 도를 내뻗었다.
　콰앙!
　도마존의 도와 부딪친 소량의 검강이 뒤로 밀려날 때였다.
　소량은 팔뚝에서 피가 튀어 오르는 것도 아랑곳 않고 응축시켰던 태허일기공을 검에 쏟아부었다. 거기에 진원지기까지 단번에 폭발시키니 경악할 만한 내력이 검에 실린다.
　천애검협에게 이만한 기력이 남아 있었을 줄은 미처 알지 못했던 도마존의 눈에 놀람이 떠올랐다.
　'아직도……!'

도마존은 곧 소량이 진원지기를 소용했음을 알아차렸다.

하긴 진원지기가 아니고서야 어찌 심도를 막을 수 있겠는가! 다만 그것마저 베어내지 못했다는 사실이 아쉬울 뿐이다.

아직 자신의 무학이 완전하지 않다는 사실을 새삼 깨달은 도마존이 통탄스럽다는 듯 미간을 찌푸릴 때였다.

텅!

믿을 수 없게도 소량의 검강이 그의 도를 튕겨내었다.

"엇?"

도마존은 그 순간에야 소량의 검이 부러지고 있다는 것을 감지했다. 무언가 이상하다는 것을 깨달은 도마존은 튕겨 나간 도를 수습하는 동시에, 호신강기를 가득 끌어올리며 왼손으로나마 장법을 펼쳐 나갔다.

하지만 도마존의 손은 생각과 달리 느릿하기만 했다. 조금 전 소량의 검강을 맨손으로 막은 후유증 때문이었다.

"노, 놈!"

도마존이 무어라 외칠 찰나, 소량이 금나수를 펼쳐 부러진 검 조각을 움켜쥐더니 그의 심장으로 내뻗었다. 도마존의 장법이 뒤늦게 어깨를 두드렸지만 소량은 물러나지 않았다.

한 번, 두 번, 세 번.

튕겨났던 도마존의 도는 세 번이나 심장을 찔린 후에야 소량을 공격할 수 있었다. 소량은 부러진 철검으로 도마존의 도를 막아내고는 계속 그의 심장을 찔러 나갔다.

"이익!"

이미 심장에 구멍이 뚫렸는데도 도마존은 소량을 공격하기를 멈추지 않았다. 살 수 있는 가망성이 있기 때문이 아니라 본능적으로 펼치는 몸부림이라 할 수 있었다.

소량이 오른손에 든 검으로 도마존의 도를 막아낼 때였다.

도마존의 안색이 검어지더니 그간 그가 품고 있던 내력이 일제히 발출되었다. 도마존은 이제 자신의 내력조차도 제어할 수 없었던 것이다.

드드드—

도마존을 중심으로 부근의 땅이 떨려오는가 싶더니 사방의 모든 것이 밀려나기 시작했다.

"크윽!"

새어 나오는 도마존의 공력에 휘말린 소량의 안색이 급변했다. 여태까지 중 가장 큰 손해를 입은 것이다.

그러나 그의 심장을 찌르는 손을 멈추지는 않는다.

소량의 눈에 어린 살기도 사라지지 않았다.

내기의 폭풍은 일어났던 것만큼이나 빠르게 사라졌다.
"끄, 끄어으!"
도마존의 왼손이 공연히 허공을 휘저었다.
도대체 뭐가 잘못된 것일까!
제아무리 고수라 할지라도 상대의 수를 읽지 못하는 경우는 종종 있다. 그 틈을 노려 승리를 거둔 적도 적지 않았다.
하지만 그 대상이 자신이 될 줄은 몰랐다.
누가 뭐래도 자신이 우위에 있었는데, 질 수가 없는 싸움이었는데 고작 부러진 검 조각에…….
삼천존과 대등한 경지에 오른 무인이자, 혈마곡의 오마존 중에서도 상위의 마존인 도마존으로서는 어처구니없는 결과를 맞게 된 셈이었다.
"죽어."
소량의 눈빛에 어린 살기가 더욱 짙어졌다.
푹, 푹!
도마존이 쓰러지는 동안에도 계속 그의 심장을 찌른다. 그가 애지중지하던 도마저 떨어뜨리고 허우적대는 동안에도, 움직임이 조금씩 멎어가며 눈에서 빛이 사라지는 동안에도.
도마존을 난도질하는 소량의 얼굴에 피가 튀었다.

그렇게 얼마의 시간이 흘렀을까.

"후우, 후우—"

한참 뒤에야 도마존의 죽음을 알아차린 소량이 거칠게 숨을 들이켜며 고개를 들어 주위를 둘러보았다.

태허일기공이 더 싸우고 싶다는 듯 최소한도의 내상을 수습하기 시작했지만, 살아남은 마인은 이제 한 명도 없다.

만약 강호의 무인들이 이 광경을 보았다면 그야말로 깜짝 놀라고 말았을 터였다. 천애검협은 단 한 명의 몸으로 수백의 마인을 상대하여 승리를 거둬낸 것이다.

비록 천운이 따랐다고는 하나, 삼천존의 경지에 이른 도마존이라는 무인의 목숨까지 취했다는 것을 생각해 보면 믿을 수 없는 일이라 할 수 있었다.

"……."

살기 가득하던 소량의 시선은 생존자가 없다는 것을 확인하자 허망하게 변해갔다. 소량은 무엇을 해야 할지 모르는 사람처럼 멍하니 주위를 둘러보다가 양손을 내려다보았다.

얼마나 세게 쥐고 있었는지, 부러진 검 조각을 쥔 왼손과 검병을 쥔 오른손에 감각이 없다.

소량이 움직이지 않는 손가락을 억지로 움직이자, 검 조각과 부러진 검이 흐르듯 바닥에 떨어졌다.
챙그랑—
지독하게 허망하고 지독하게 쓸쓸했다.
마인들을 죽여도 흑수촌의 백성들은 돌아오지 않는다.
포한(抱恨)도 사라지지 않는다.
한참을 멍하니 있던 소량이 힘겨운 걸음으로 흑수촌의 백성들의 시신이 누워 있는 곳으로 향했다.
천운이 닿았는지, 흑수촌의 백성들의 시신은 도마존과의 일전에 휘말리지 않은 상태였다.
능소의 시신 앞에 도착한 소량이 털썩 무릎을 꿇었다.
문득 돼지를 잡으며 춤을 추던 능소의 모습이 떠올랐다.

"난 우리 마을이 참 좋아. 다들 착해."

능소가 그렇게 사랑하던 마을은 더 이상 없다.
소량은 공연히 시선을 허공으로 돌렸다. 뜨거운 무언가가 울컥울컥 솟구쳐 올라와 시신을 계속 내려다볼 수가 없다.
붉어진 눈시울에 눈물이 고이기 시작했다.

소량은 다시금 능소의 시신을 내려다보고는, 떨리는 손으로 그의 팔을 가지런히 놓고 그 얼굴에 튄 피를 닦아내었다.

능소와 달리, 염씨 과부의 시신은 수습할 수조차 없다.

"염씨 아주머니……."

뼛조각을 주우려던 소량이 주먹을 세게 움켜쥐었다.

살아 있는 자도 없건만 슬픔과 분노는 여전히 가슴을 꽉 메우고 있었다. 이제는 일부분이 되어버린 살기가 이 슬픔을 누구에게든 풀어내라고, 더 원망하고 더 증오하라고 외쳐 댔다.

갈 곳을 잃은 살기는 대상을 찾는 데 혈안이 되어 있었다.

본능적으로 위기를 느낀 소량이 태허일기공을 일으켰다.

태허일기공이 잠시나마 예전처럼 흐르며 살기를 다독였다.

하지만 구결의 현묘한 이치를 쫓아 흐르던 태허일기공은 금세 거칠게 바뀌어 버리고 말았다. 마치 붉게 타오르는 화염이 푸른 물줄기의 꼬리를 물고 쫓아가는 것처럼 말이다.

화염은 마지막으로 남은 몇 줌의 푸른 기운을 집어삼키고는 흉포하게 으르렁댔다. 소량은 결국 팔 할가량 변해 버린 태허일기공을 수습하지 못한 것이다.
'그, 그만!'
소량이 억지로 살기를 가라앉히려 애를 쓸 때였다.
멀찍이서 누군가의 목소리가 들려왔다.
"진 대협!"
소량이 천천히 고개를 들었다.
현무당원들이, 제갈영영이 달려오고 있었다.

第三章
현의선자(賢醫仙子)

1

　소량은 달려오는 제갈영영과 현무당원들을 흘끔 바라보고는 다시금 염씨 과부의 시체를 수습하기 시작했다. 이상한 것은 그런 소량에게서 섬뜩한 살기가 느껴진다는 점이었다.
　"진 대협, 괜찮으신가요?"
　제갈영영이 눈물 고인 얼굴로 소량에게로 다가왔다.
　소량은 그야말로 혈인(血人)이라 말해야 좋을 정도로 피투성이였다. 사지(四肢)를 가릴 것 없이 자상으로 가득했고 내상을 크게 입었는지 안색 역시 파리하기 짝이 없다.

"많이… 너무 많이 다치셨어요."

소량은 제갈영영을 돌아보지 않았다.

"진 대협?"

손을 뻗으며 한 걸음을 내딛으려던 제갈영영의 행동이 일순간 멈추었다. 뒤늦게 소량에게서 살기를 느낀 탓이었다.

제갈영영의 표정이 걱정에서 심각함으로 바뀌어갔다.

한편 운송자는 믿을 수 없다는 듯 주변을 둘러보고 있었다.

마인들은 시신조차도 온전히 보전하지 못했다. 손목이 잘리고, 발목의 힘줄이 끊어지고, 목이 달아나거나 상체가 반으로 쪼개진 시신들이 수도 없이 널려 있다.

"으으음!"

현무당원이자, 추룡검(追龍劍)이라는 별호를 가진 현무당원 하나가 길게 신음을 토해냈다.

이와 같은 시산혈해(屍山血海)는 추룡검으로서도 처음 보는 것이었다. 범인이라면 보자마자 구역질을 했으리라.

실제로 추룡검 역시 겨우 구토를 참고 있었다.

"진법이 부서지긴 했지만 아직 일부분은 유지되는 듯하오. 천시(天時)가 끝나가니 머지않아 진법이 사라질 터, 추룡검은 현무당원 다섯 명을 데려가 생존자를 수색하시오.

마인들이 숨어 있을지 모르니 조심하셔야 할 것이오."

"그리하겠소이다."

운현자의 명령에 추룡검이 가라앉은 목소리로 대답했다.

말을 마친 운현자가 조용히 무릎을 꿇고 앉았다. 앞에 놓인 시체를 살펴보던 운현자가 시체의 소매를 걷어갔다.

얼굴이 납작해진 시체의 팔에는 연꽃 모양의 문양이 스물세 개나 그려져 있었다.

"흑운색마……."

흑운색마가 한 명을 간살(姦殺)할 때마다 새기는 연꽃 문양을 새긴다. 그중에 하나는 청성파 여제자의 것이었다.

청성파는 흑운색마를 죽이기 위해 수많은 제자를 파견했지만, 강기지경에 이른 그를 죽이지는 못했다.

'결국엔 장로들까지 나섰지만 흑운색마는 이미 사라져 버린 후였지. 알고 보니 혈마곡에 가 있었던 것이로구나.'

운현자가 믿을 수 없다는 듯 소랑을 바라보았다.

'흑운색마는 반항조차 해보지 못하고 죽었다.'

도대체 천애검협의 무위는 어느 정도인가! 일검자가 패했다는 소문을 이제는 믿을 수도 있을 것 같다. 불경스럽지만, 그의 사백이라도 이와 같은 무위는 보이지 못할 터였다.

"대승(大勝)입니다, 사형!"

운송자가 경악과 기쁨이 뒤섞인 목소리로 외쳤다.

죽음을 각오하고 흑수촌에 돌아왔는데, 놀랍게도 죽음 대신 삶을 맛보게 되었다. 긴장감과 압박감이 사라지자 흥분이 가득 차오르더니 평소답지 않은 언행이 튀어나온다.

"운송, 그만."

운현자가 엄한 목소리로 그런 운송자를 말렸다.

흥분을 이해하지 못하는 것은 아니지만 애도를 하기는커녕 기뻐하다니, 도인(道人)답지 않은 행동이었다.

"하지만 사형! 보십시오! 혈마곡이 중원 곳곳을 습격했지만, 무림맹은 제대로 대처를 하지 못했었습니다! 이건 첫 승리입니다! 우리 정도무림(正道武林)이 거둔 첫 승리라고요!"

정도무림이 아니라 천애검협 홀로 거둔 승리다. 그것을 모를 운송자가 아니거늘, 그는 흥분에 도취되어 있었다.

"운송! 죽은 사람들이 보이지 않느냐!"

"천애검협, 아니, 진 대협!"

운송자가 대답 대신, 빠른 걸음으로 소량에게 다가갔다.

그간 소량을 경시해 왔던 그였지만, 수많은 마인을 홀로 상대한 영웅이라고 생각하자 그런 마음은 싹 사라진 후였다.

소량은 운송자를 보자마자 눈을 질끈 감았다. 그렇지 않아도 대상을 찾고 있던 살기가 운송자에게 향했던 것이다.

소량은 힘겹게 살기를 억누르며 몸을 돌렸다.

소량의 속내를 하나도 눈치채지 못한 운송자가 장읍했다.

"정말 대단하십니다, 진 대협!"

소량이 아무런 대답도 하지 않고 걸음만 옮기자 운송자가 의아한 표정을 지었다. 잠시 머뭇거리던 운송자가 소량의 뒤를 쫓아가며 다시 한 번 장읍을 해 보였다.

"축하드립니다, 진 대협! 이 일이 알려지면 진 대협은 정도 무림의 칭송을 한 몸에 받으실 것입니다!"

소량의 움직임이 일순간 멈추었다. 잠시 그대로 서 있던 소량이 운송자를 돌아보며 이를 드러내었다.

"…축하?"

"허, 헉!"

소량과 시선을 마주친 운송자가 뱀을 마주한 개구리처럼 굳어졌다. 소량의 눈은 당장에라도 운송자를 베어버릴 것처럼 차갑기만 했던 것이다.

"도대체 무엇이 축하받을 일이오?"

운송자가 눈을 휘둥그레 뜨며 한 걸음 뒤로 물러났다.

소량이 이전이었다면 하지 않았을 거친 어조로 말했다.

"능형이 죽은 것이? 아니면 촌장이 죽은 것이?"

소량이 한 걸음을 앞으로 내딛자 살기가 더욱 커졌다.

운송자가 움직이지도 못한 채 몸만 부르르 떨자 소량이 눈을 질끈 감고 몸을 돌렸다. 한 걸음만 더 나갔더라면 운송자를 베어버렸을지도 몰랐다.

"더 이상은 입을 열지 않는 것이 좋을 거요."

소량이 두어 걸음을 걸어가 다시 시체를 수습하기 시작했다. 난생처음 겪어보는 섬뜩한 살기에 굳어 있던 운송자가 입술을 축이며 더듬더듬 변명했다.

"이, 이해합니다. 진 대협. 백성들을 그렇게 아끼시는 분이시니 그들의 죽음에 마음 편하실 리가 없지요. 하지만 고작 몇 명의 희생일 뿐입니다. 이처럼 대승을 거두셨으니……."

쐐애액―!

"처, 천애검협!"

운현자가 버럭 고함을 지르며 앞으로 쇄도했다. 소량이 가볍게 진각을 밟아 바닥에 떨어진 도 한 자루를 띄워 올리더니, 그것을 잡자마자 운송자의 목을 베어 나갔던 것이다.

서걱!

소량의 도가 지나가자 운현자의 고검이 잘려갔다.

도는 운송자의 목 바로 옆에서 멈추었다.

"한 마디만 더 지껄여 봐."

소량이 운송자를 노려보며 싸늘하게 읊조렸다.

운송자는 놀란 듯 눈을 흡뜰 뿐 아무 말도 하지 못했다. 소량의 눈이 염왕처럼 빛나고 있었던 것이다.

그간 겪어왔던 천애검협과는 너무나도 다른 모습이었다.

잠시 뒤, 살기를 겨우 억누른 소량이 도를 내팽개쳤다.

청성파의 일대제자답지 않게, 운송자는 몸조차 제대로 가누지 못하고 털썩 주저앉고 말았다.

운현자가 재빨리 운송자를 부축했다.

"운송!"

운송자가 멍한 시선으로 운현자를 올려다보았다.

"…쯧!"

한심하다는 얼굴로 혀를 찬 운현자가 가볍게 운송자의 인당혈을 두드리고는, 허리를 펴 소량을 바라보았다.

운송자가 실언했다는 것을 알기에 그를 탓할 생각은 없었다. 아니, 그가 욕설을 퍼부었다고 해도 받아들였으리라.

천애검협에게서 시선을 떼지 못한 건 다른 이유 때문이었다. 조금 전의 천애검협은 정도의 무인이라기보다 혈마곡의 마인에 더 가까운 살기를 품어내었던 것이다.

'마기(魔氣)?'

묵묵히 시신을 수습하기 시작한 소량을 하염없이 바라보던 운현자가 고개를 몇 번 저었다.

설마하니 천애검협이 마인일 리가 있겠는가!

틀림없이 자신이 잘못 본 것일 것이다.

"진 대협……."

하지만 그런 운현자와 달리, 제갈영영은 소량에게서 시선을 떼지 못했다. 노을이 질 때까지도 그녀의 시선은 계속 소량에게 머물러 있었다.

2

그로부터 한 달의 시간이 흘렀을 때였다.

무림맹의 접객당에 소속된 서영권은 느긋하게 수염을 쓰다듬으며 현문으로 걸어가고 있었다.

무림맹의 현문을 관리하는 일이니 문지기나 다름없는 셈이지만, 서영권의 태도는 명문의 태사부(太師父)라고 해도 믿을 수 있을 정도로 근엄하고도 여유로웠다.

평소엔 무림맹의 접객당을 무슨 동네 점소이 취급하던 무인들도 서영권에게만큼은 기꺼이 머리를 숙였다.

"서 대협이로구려."

"오. 반갑소이다, 철담서생(鐵膽書生)."

철담서생 종운리(宗雲理)가 목례하자 서영권이 같은 목례로 답했다. 과거의 서영권이었다면 철담서생과 같은 고수와는 눈도 마주치자마자 굽실거렸을 터인데 말이다.

철담서생은 바로 그 점을 지적했다.

"거, 허리가 제법 꼿꼿하외다?"

"하하하! 역시 좀 꼿꼿한가요?"

철담서생이 공연히 타박을 하자 서영권이 재빨리 허리를 굽혀 장읍했다. 철담서생이 됐다는 듯 손사래를 쳤다.

"에이, 천애검협의 의형 되는 양반에게 그런 인사를 받는 게 더 민망하구려. 그래, 하시는 일은 잘 되고 있소?"

"흐흐, 아무래도 예전보다는 좀 편하지요. 이게 모두 철담서생께서 신경을 써주신 덕분입니다."

천애검협이 모용세가를 상대로 한바탕 일전을 벌인 후, 무림맹에서의 서영권의 위치는 확고부동한 것이 되었다.

누가 뭐래도 서영권은 천애검협이 직접 대협이라 칭할 정도의 협객인 데다가, 천애검협이 그를 의형처럼 생각한다는 소문도 있었던 것이다.

그 덕택에 서영권의 위상은 높아졌지만, 반대로 시기하는 시선도 생겨났다.

몇몇 무인은 서영권의 앞에서는 친절하게 굴다가도 그가

돌아서기만 하면 천애검협과의 친분을 이용한다느니, 고작 문지기 주제에 오만방자하다느니 하는 말을 지껄이곤 했다.

철담서생의 제자인 옥소신필(玉簫神筆) 금호승(金虎丞)도 그런 무인 중 하나였다.

금호승이 처음으로 입맹했을 무렵 서영권이 그의 입맹 절차를 맡았는데, 그는 스승께서 무림맹의 요직에 계신데 무슨 신분 확인이 필요하냐며 서영권에게 노호성을 터뜨렸던 것이다.

서영권과 천애검협이 친분이 있다는 것을 알게 된 금호승은 일단 물러나는 체했지만, 분기를 참지는 못해 스승에게 달려가 그간의 사정을 털어놓고 말았다. 분노한 철담서생은 그 길로 서영권을 찾아가 잘잘못을 따졌고 말이다.

시시비비는 철담서생이 가슴을 쾅쾅 치는 것으로 가려졌다. 제자를 잘못 키웠다며 통탄한 철담서생은 숙소로 돌아가 가슴 대신 제자의 얼굴을 쾅쾅 두들긴 후에야 분을 풀었다.

"편하다니 다행이구려. 혹시 내 제자처럼 불편하게 구는 녀석이 있거든 언제라도 내게 말하시오. 내 해결해 주고서 귀하가 자랑하는 술이나 실컷 맛볼 참이니."

"어이쿠, 신경을 써주시니 그저 감사할 뿐입니다."

서영권이 고맙다는 듯 눈웃음을 샐쭉 짓자 철담서생이 고개를 절레절레 저었다. 어여쁜 여인의 눈웃음이라면 몰라도 다 늙은 중늙은이의 주름진 눈웃음은 달갑지 않다.

"그럼, 저는 이만 가보겠습니다요."

서영권이 다시 장읍하며 말했다.

철담서생과는 경우가 다르긴 하지만, 서영권은 알게 모르게 수많은 무림고수에게 인정을 받고 있었다.

부지런할 뿐더러 일처리가 꼼꼼하고 정확하며, 동정심이 많아 불쌍한 이들을 돕느라 제 재산까지 털어줄 정도다.

처음에는 백안시하던 고수들도 무공의 고하를 떠나 사귀어볼 만한 사람이라고 서영권을 평가하고 있었다.

'덕택에 수입이 늘은 것이 가장 큰 기쁨이다.'

남몰래 하촌의 백성들을 구휼하고 있었던 서영권이기에 수익이 늘어났다는 것은 참으로 기쁜 일이었다.

천애검협과 교분을 쌓게 된 뒤로 어지간한 무인은 까불지 않고, 뒷배를 믿고 까부는 이들은 새로이 교분을 맺은 고수들이 처리해 준다. 세상, 요즘만 같으면 살 만하다.

"으허흠, 으흠!"

현문에 당도한 서영권이 헛기침을 큼큼 내뱉으며 낡은

의자에 앉았다. 그리고는 새로 배속된 모양인지, 어리둥절한 얼굴을 하고 있는 하급무사를 바라보며 턱짓을 해 보였다.

"처음 보는 얼굴이로군. 이름이 뭔가?"

하급무사가 얼른 머리를 조아렸다.

"저는 왕소일(王少一)이라고 합니다요! 어르신께서 위명 자자하신 천애검협과 교분을 나누었다는 문지기시지요?"

문지기라니, 이렇게 눈치없는 놈이 있을 수가.

서영권이 못마땅한 얼굴로 헛기침을 큼큼 내뱉었다.

"그렇네. 험, 험. 문지기라는 말은 좀 그렇네만."

"어이쿠, 이거 죄송합니다요! 낡아빠진 의자에, 낡아빠진 책상에 앉아 계시니 문지기라는 말이 문뜩 떠올라서……."

"이게 낡아빠진 것 같지만, 보통 책상이 아니야! 천애검협을 처음 뵈었을 때 앉았던 의자와 책상이란 말일세!"

"오오!"

왕소일이 감탄을 토해내며 의자와 책상을 바라보았다. 서영권은 그제야 만족스러운 얼굴이 되어 고개를 끄덕였다.

"무림맹의 현문을 관리한다는 것은, 곧 무림맹의 얼굴이 되는 것이나 다름없다는 것을 알아야 하네. 생각해 보게, 지위 고하를 막론하고 처음 무림맹에 당도했을 때 누구를 제일 먼저 만나겠는가? 바로 우리일세."

"그렇습죠, 그렇습죠."

"제아무리 고수라 해도 내게 고명(高名)을 밝히지 않고서는 무림맹에 들어갈 수 없다네. 특히 이 서 모는 그런 부분에서 더더욱 꼼꼼하지. 만에 하나 무슨 일이 터지면 내가 손수 적은 이 방명록으로 출입한 자들의 면면을 확인할 수가 있단 말이지. 암, 그렇고말고."

서영권이 짐짓 고개를 끄덕이고는 준엄하게 말했다.

"그러니 처음 무림맹을 방문하는 자가 있다면, 자네는 그자가 아무리 고수더라도 기죽지 말고 나에게 데려와야 하네. 바로 저런 마차를 타고 있는 사람일지라도 말이야!"

서영권이 고급스러운 마차를 가리키며 말했다.

돈이 썩어나는지 금박으로 장식을 한 갈색 마차였다.

서영권이 친히 가리켜 주기까지 했거늘, 왕소일은 '네, 네,. 그렇습죠' 라고만 중얼거릴 뿐 몸을 움직이지 않았다.

"뭐하는가? 가서 방문객을 이리 데려오지 않고."

왕소일이 그제야 화들짝 놀라 서영권을 바라보았지만,

이미 때는 늦은 후였다.

서영권은 처음으로 무림맹을 방문한 이들에게 자신이 천애검협과 교분을 나눈 그 인물이라는 것을 보여주기 위해 눈을 지그시 감고 한껏 근엄한 체를 하고 있는 중이었다.

한참을 머뭇거리던 왕소일이 조심스레 마차로 다가갔다.

'흐흐흐. 마차를 보아하니 상대가 적지 않은 부자인 모양인데, 어디 고생 한번 해보아라. 본래 신입은 가장 어려운 일부터 해봐야 빠릿빠릿해지는 법이지. 암, 그렇고말고.'

서영권은 한바탕 소란을 기대하며 귀를 기울였다.

기대했던 소란 대신, 감탄을 터뜨리는 소리가 들려왔다.

"저런 미녀는 처음 보는구먼!"

"천하절색일세, 절색이야. 어이쿠, 들릴라!"

구경꾼들이 작은 목소리로 속삭였으나 서영권의 밝은 귀를 속일 수는 없었다. 궁금증이 치솟아 올랐지만 서영권은 근엄한 척을 하기 위해 끝까지 눈을 뜨지 않았다.

"헤헤헤, 여기입니다요."

"안내해 주셔서 감사합니다. 여기 계신 대인께서 신분을 확인하시는 중책을 맡으신 분인가요?"

왕소일의 한껏 설렌 목소리 뒤로 다 늙은 서영권의 마음에도 능히 춘풍을 불게 할 만한 아름다운 목소리가 들려왔다.

서영권은 왕소일이 대답하기 전에 재빨리 입을 열었다.

"그렇소이다. 서 모라 하오."

"아! 그 서영권 대협시로군요!"

서영권과 천애검협과의 친분을 알고 있는지 아름다운 목소리가 감탄을 토해냈다. 서영권은 입꼬리가 올라가려는 것을 애써 참으며 천천히 눈을 떴다.

'헉! 지, 진짜 미인이다!'

말 그대로 그림에서 걸어 나온 듯한 미녀였다.

아리따운 아미와 영롱한 봉목, 오똑한 콧날과 앵두 같은 입술까지 저 작은 얼굴에 어찌 이렇게 조화롭게 이목구비가 들어갈 수 있는지 신기할 정도다.

"이름이 어떻게 되시오?"

"예, 저는 진가 사람으로 이름은 영화라 합니다."

"오! 천애검협의 동생 되시는 분과 이름이 같구······."

비슷한 상황을 언젠가 겪어본 것 같은 기분이 든다. 표정이 점점 굳어지는가 싶던 서영권이 자리에서 벌떡 일어났다.

"혀, 현의선자(賢醫仙子)?"

"허명일 뿐입니다. 저는 현의라고 하기엔 모자란걸요."

영화가 부끄러운 듯 얼굴을 붉혔다.

천애검협의 동생 중에 가장 널리 알려진 사람은 지괴(地怪), 혹은 완동판관(頑童判官)이라 불리는 진유선이었다. 천괴(天怪) 창천존과 나이를 뛰어넘은 교분을 쌓았다는 장난꾸러기 여아에 대한 소문은 이제 전 중원을 떨쳐 울리고 있었다.

그 다음은 금협(金俠) 진승조였다. 가질수록 욕심이 많아진다는 말은 금협에게만큼은 예외였다. 금협은 번 돈에 제 돈까지 더해 백성들을 돕는 의인(義人)이었던 것이다.

그것만으로도 '천애검협의 형제들 중에는 평범한 사람이 없다'는 소문이 도는 판인데, 최근에 한 명이 더 추가되었다.

현의선자 진영화가 바로 소문의 주인공이었다.

신양상단에서 돌보던 아이 하나가 뱀에 물린 이후로 영화는 의술에 관심을 가졌다. 그렇지 않아도 영화의 옆에서 떨어지고 싶지 않았던 당유회는 반색하며 의술을 가르쳤고, 영화는 마른 솜이 물을 먹듯 그의 의술을 흡수해 나갔다.

승조의 부탁으로 무림맹으로 향하는 동안, 그녀는 수도 없이 많이 아픈 백성들을 만났다.

도저히 그냥 지나치지 못한 영화는 그들을 치료한 후에야 다시 길을 나서곤 했는데, 백성들은 병을 치료해 주고도 돈을 받지 않는 영화를 현의선자라고 부르기 시작했다.

"그, 그렇다면 옆은?"

서영권이 이번엔 옆자리의 청년을 가리켰다. 현의선자의 곁에는 오대세가의 기인이 함께한다고 전해지는 것이다.

청년, 당유회가 가볍게 목례를 해 보였다.

"당가의 소가주, 당유회라 합니다. 무림맹에는 이미 여러 번 오간 적이 있으니 기록을 확인해 보시면 될 것입니다. 진 소저와 함께 맹주님을 뵈러 왔습니다만."

믿을 수 없다는 듯 입을 쩍 벌리고 있던 서영권이 재빨리 왕소일에게 턱짓을 해 보였다.

안타깝게도 왕소일은 턱짓을 한 번에 알아듣지 못했다.

"빨리 가서 접객당주를 모셔오라는 뜻일세! 그리고 거기 자네, 이름이 뭐였더라? 어쨌든 자네가 여기를 맡고 있게!"

왕소일과 그 옆의 하급무사에게 명령을 내린 서영권이 환하게 웃으며 영화에게 머리를 숙였다.

"반갑습니다, 진 아가씨. 참으로 반갑습니다! 어서 이쪽으로 드시지요! 제가 직접 안내하겠습니다."

"감사합니다."

영화가 가볍게 머리를 숙이고는 서영권이 가리키는 방향으로 걸음을 옮겼다.

당유회가 툴툴대며 그 뒤를 쫓았다.

"정말 면사는 하지 않으실 생각이오?"

"그건 영 갑갑해서 싫어요."

"음, 나를 위해서 해주면 안 되겠소?"

"하지만 갑갑한데……."

영화가 머뭇거리며 중얼거리자 당유회의 얼굴이 구겨졌다.

무림맹의 외당에 접어들자마자 벌써 모든 시선이 영화에게로 쏟아진 참이다. 외당은 천지인(天地人) 중 인급(人級)의 무사들이나 사신당의 하위 조가 머무는 곳인데, 그들은 영화를 보자마자 눈을 떼지 못하고 입만 쩍 벌리기 바쁜 것이다.

'들어가면 오대세가의 자제들도 있겠지.'

당유회의 표정이 불쾌하게 변해갔다.

천애검협의 허락을 받았다고 생각하고는 있지만 아직 영화 소저에게서 확답을 받지 못한 지금이니 결코 안심할 수가 없다. 어중이떠중이가 끼어드는 일만은 절대 피해야 했다.

 그런 당유회의 속을 전혀 모르는 영화는 궁금한 얼굴로 앞서 걸어가는 서영권에게 질문을 던지고 있었다.
 "오라버니와 친분을 쌓으셨다고 들었어요, 서 대협."
 "아닙니다, 아닙니다! 목숨을 구함 받은 처지이니 은공이라 칭할 뿐, 제가 어찌 감히 친분을 논하겠습니까!"
 "하지만 오라버니가 의형으로 모셨다는 소문이 돌던걸요."
 "그, 그야 비슷한 말씀을 하신 적이 있긴 하지만……."
 "어머. 그럼 제가 셋째가 되겠네요."
 서영권을 처음 보는데도 영화는 왠지 모를 친숙함을 느끼고 있었다. 무창에 살 때에 영화는 소량이 일하던 곳에 종종 놀러가곤 했었는데, 그곳의 대형인 곽장과 느낌이 비슷하다.
 오라버니라니 가당키나 하겠냐며 질색팔색하는 서영권을 보며 쿡쿡 웃던 영화가 곧 이런저런 것들을 질문했다. 서영권이 하나둘씩 대답하는 사이 어느새 내당이 가까워졌다.
 당유회가 왠지 모를 날카로운 시선으로 주위를 둘러보는 동안에도 영화와 서영권의 대화는 끝나지 않았다.
 "혹시 생강을 넣어 삶은 우육이었나요?"

"바로 그렇습니다. 서무관 뒤쪽에서 천애검협과 종종 술자리를 가진 적이 있었는데, 그때 먹어보았지요. 생강을 넣어 삶는 게 비결이라던데 맛이 아주 훌륭했습니다."

"그럴 것 같았어요. 오라버니는 그 요리밖에 못하거든요."

소량이 목공일을 하며 종종 만들곤 했던 음식이 화제로 나오자 영화가 고개를 절레절레 저었다.

가끔 소량이 조방에 들어갈 때가 있었는데 생강을 넣어 삶은 우육 외에는 도통 제대로 하는 요리가 없었다.

이런저런 대화를 나누다 보니 어느새 내당에 이르렀다.

영화는 무당파의 제자들이나 소림사의 승려들이 지나가는 것을 신기하게 바라보았다.

물론 상대의 시선 역시 신기하긴 마찬가지였다.

무당파의 속가제자, 유운신룡(流雲神龍) 유천화(流天化)가 처음 보는 미녀의 얼굴이 궁금한 듯 눈빛을 빛내며 다가왔다.

"이봐, 유회! 참으로 오랜만이야! 근 삼 년 만이던가?"

유천화는 일단 당유회에게 아는 척을 했다. 소가주 직위를 이어받은 당유회인지라 평대를 해서는 안 되지만, 어릴 적부터 알아왔기에 사석에서는 반말을 하는 유천화였다.

"한데 옆에 계신 분은 누구인가?"

"지금은 바쁘니 나중에 대화하세."

당유회가 뚱한 표정으로 말하고는 한 걸음을 앞으로 떼어 은근슬쩍 영화를 가렸다. 그리고 짐짓 모른 체 창천검전 쪽으로 걸어가려는데, 유천화가 눈치도 없이 그 뒤를 쫓아온다.

"옆에 계신 분이 누구인지 물었는데 듣지 못한 모양이로군. 이 친구야, 소개도 아니 해줄 참이야?"

당유회의 얼굴이 구겨졌다.

유천화가 결코 나쁜 사람은 아니었다.

성정이 밝고 공명정대하거니와 무학이 드높고, 어려운 사람을 만나면 발 벗고 나서기를 즐겨하는 호남에 가까웠다.

그래서 더 소개해 주기가 싫었다.

"안녕하세요? 저는……."

"진가의 영애로, 방명은 영화라 하신다네. 천애검협 진소량, 진 대협의 여동생 되시는 분이니 함부로 굴지 말게나."

영화가 직접 소개하려 하자 당유회가 재빨리 말을 가로챘다. 유천화가 놀란 듯 눈을 휘둥그레 떴다.

"현의선자에 대한 소문은 익히 들었으나, 이처럼 미인이실 줄은 몰랐군요! 반갑소이다, 진 소저. 저는 무당파의 속가제자로, 이름은 유천화라고 하외다."

현의선자라는 별호에 영화의 얼굴이 붉어졌다.

"허명에 불과할 뿐입니다."

영화가 작게 미소를 지으며 읍해 보였다. 겸손하되 비굴하지 않은 단아한 모습에 유천화가 침을 꿀꺽 삼켰다.

그때, 서영권이 눈치도 없이 입을 열었다.

"여기가 바로 창천검전입니다. 맹주님께서는 회의 중이시니 제가 들어가 전갈을 전해두고 오지요. 다녀온 뒤에 숙소를 마련해 드릴 테니 여독을 푸시고, 맹주께서 답변을 주시면 그때 뵈시면 될 것입니다. 그리고 당 소가주께서는……."

"당 소가주라는 명칭도 좋지만, 진 소저가 셋째 된다 했으니 셋째 매제라고 부르시면 될 것입니다. 저도 진 소저와 같이 행동할 생각이니 어서 다녀오시지요."

"또 그런 말."

영화가 가볍게 당유회를 흘겨보며 그 소매를 잡았다. 자주 그런 농담을 듣다 보니 새삼스러울 것도 없는 것이다.

당유회의 얼굴이 흡족하게 펴지는 것과 반대로 기대로 부풀었던 유천화의 안색이 어두워졌다. 혹시 다른 이야기가 나올까 두려워진 당유회가 재빨리 화제를 돌렸다.

"흐음, 무림맹의 분위기가 예전 같지 않군."

"어흠, 험. 혈마곡이 발호한 이후로 어디 편할 날이 있었나. 남궁세가, 화산파, 곤륜파에 피바람이 몰아쳤고 중소문파들도 수십 군데나 멸문지화를 입었지. 분위기가 예전 같으면 오히려 이상한 일인 거야, 이 친구야."

당유회와 영화를 번갈아 바라보던 유천화가 헛기침을 큼큼 내뱉으며 말했다. 그리고 다시 영화를 흘끔거리는데 그 시선에는 호기심과 약간의 실망, 부러움이 숨어 있었다.

당유회가 재차 질문을 던졌다.

"그것을 감안해도 분위기가 어두워. 이봐, 사문의 어른들께 들은 이야기 없나? 아는 게 있으면 털어놔 보게."

"무림맹이 먼저 선공을 취할지도 모른다더군."

유천화의 표정이 금세 바뀌었다.

"무림맹은 아직 혈마곡의 본궁이 움직일 시기를 파악하지 못했네. 상대의 수를 읽지도 못한 상태에서 선공을 취하는 것은 좋지 않은 일인데… 이제는 어쩔 수 없게 되었네. 조정에서 압박을 넣기 시작한 모양이야."

"조정에서?"

"최근 북평부에는 누가 썼는지 모를 격문이 돌고 있지.

혈마곡의 난이 천하를 진동하는데 조정은 무얼 하고 있느냐는 비판인데, 하나같이 명문인지라 유림이 자극받기 시작했네."

 당유회가 미간을 슬며시 찌푸렸다.

 유천화가 턱을 긁적거리며 말을 이어 나갔다.

 "조정에서는 혈마곡의 난을 지방의 소소한 민란으로 폄하하여 유림을 달래려 하는 모양인데, 격문이 계속되니 속이기가 쉽지 않은 모양이야. 때문에 무림맹을 탓하는 소리만 높아졌다네. 어서 빨리 난을 진압하라는 거지."

 혈마곡의 난을 두고만 보고 있다는 비판을 받는 조정이지만, 조정으로서도 어쩔 수 없는 사정이 있다.

 첫 번째는 황제가 몽고달자들을 상대하기 위해 친정을 나갔다는 점이었다. 남은 군대가 없는 것은 아니지만, 군대를 움직이는 것 자체가 부담이 되는 상황인 것이다.

 두 번째는 정치적인 이유에서다. 사사로이는 맹주의 친동생이자 크게는 군문제일검(軍門第一劍)이자 대장군(大將軍)인 진무룡과 재상 사이에는 정치적인 알력이 존재하고 있다.

 황제와 함께 전장을 누빈 탓에 그 신임을 한 몸에 받는 군문제일검에게 위협을 느낀 재상은 그를 실각시키기 위해 여러 정치적 술수를 부렸는데, 그중 하나가 바로 황제의 친정에 따라가지 못하게 하는 것이었다.

겨우 군문제일검을 황제와 떨어뜨려 놓았는데 다시 실권을 쥐어줄 수는 없는 노릇, 재상은 무슨 일이 있어도 군대를 움직이지 않으려 할 터였다.

세 번째는 다름 아닌 무림맹 때문이었다. 조정이 움직이는 것을 극도로 경계한 혈마곡은 강호의 몸통이라 할 만한 무림맹을 건드리는 대신, 중소문파를 먼저 공격했다.

무림의 주력이라 할 수 있는 무림맹이 멀쩡하게 남아 있으니 굳이 군대를 움직일 필요가 없다.

조정이 혈마곡의 난을 지방 민란으로 폄하할 수 있었던 것도 그 때문이었다. 아직까지 혈마곡은 양민들에게 큰 피해를 입힌 적이 없으니, 이것은 무림의 문제일 뿐이라는 것이다.

"끄응."

유천화의 말에서 여러 가지를 짐작한 당유회가 앓는 소리를 냈다. 유천화는 그런 당유회를 재미있다는 듯 보다가 다시 영화에게로 시선을 돌렸다.

"서영권 대협과 나눈 이야기를 잘 알아듣진 못했지만 매제니 뭐니 하는 소리가 나오더군요. 혹시 이 친구와 혼인을 약속한 사이입니까, 진 소저?"

"예?"

심각한 얼굴로 유천화의 이야기에 귀를 기울이고 있던 영화가 뒤늦게 정신을 차린 듯 고개를 들었다.
"아니, 그런 건 아니에요. 당 대협께서 그냥 장난을 치시는 것뿐인 걸요."
"허! 장난이 아니라고 몇 번을 말해야 알겠소."
당유회가 다급히 말했지만 영화의 표정은 바뀌지 않았다.
자신을 무창의 촌부(村婦)일 뿐이라고 생각하는 영화로서는 당가라는 대가문과 자신을 연결하려는 시도 자체를 하지 않았다. 당유회의 말이 장난이 아니라는 것은 눈치채고 있었지만 계속 장난으로 치부하는 것도 그런 이유에서였다.
"하하하! 역시 장난일 뿐이었군요."
유천화가 '그럼 기회가 없는 것도 아니로군' 이라고 중얼거릴 때였다. 본당에 들어섰던 서영권이 헐레벌떡 뛰어왔다.
"잠시만, 잠시만요! 맹주께서 바로 친견하시겠답니다!"
영화가 화들짝 놀라 눈을 둥그렇게 떴다.
소량의 명성 덕택에 곧바로 내당까지 안내받긴 했지만, 일맹의 맹주 되는 사람은 함부로 만날 수 없는 법이다.
영화도 내심 며칠은 지나야 맹주이신 백부님을 만날 수

있을 것이라고 짐작하고 있었다.

영화의 속내를 짐작했는지, 당유회가 조그맣게 속삭였다.

"이것 역시 진 대협 때문일 거요."

"이쪽으로 오시면 됩니다!"

서영권이 숨을 헉헉대며 길을 안내했다.

더 이상 쫓아갈 수 없게 된 유천화는 가볍게 목례를 해 보이고는 느긋하게 당유회와 영화의 뒷모습을 바라보았다.

'얼마 안 되어 창천검전의 앞마당이 사람들로 가득 차겠군. 반 시진, 아니, 길면 한 시진 정도 걸리려나?'

그렇지 않아도 천애검협과 교분을 나누고 싶어 하는 문파들이 한두 곳이 아닌 지금이다.

각 문파에서 사람이 나올 것은 명약관화한 일인 것이다.

노강호들이야 무림의 안위를 걱정하여 근심으로 세월을 보내겠지만 삭풍도 춘심을 이길 수는 없는 법, 그중에 현의선자의 미모에 반한 사람이 나온다는 것에 전 재산도 걸 수 있다.

'그건 나도 다르지 않지. 장난일 뿐이라니 안 됐구먼, 유회.'

유천화가 눈빛을 빛내며 몸을 돌렸다. 창천검전으로 걸어가던 당유회가 그 시선을 느꼈는지 오만상을 구겼다.

다른 이유로 얼굴이 굳어진 영화가 질문을 던졌다.

"소량 오라버니 때문이라니, 그게 무슨 말씀이신가요?"

"저 친구의 말대로라면 곧 출전을 하게 될 터. 무림맹에는 맹의 무인들을 결속시킬 상징이 필요하오. 그 상징으로 천애검협이란 이름보다 더 좋은 것이 있겠소?"

"맹주님께서 오라버니를 이용하려 한다는 뜻인가요?"

당유회는 대답하지 않았다.

본래 한 단체의 수장이 되면 사사로운 정보다 공의를 먼저 따지게 마련이다. 피해가 가지 않는 선이라면 맹주 역시 천애검협의 명예를 이용하려 하리라.

"게다가 저는 천애검협이 아니라 그 동생일 뿐인데……."

"천애검협의 동생이 무림맹의 회의에 참석한다는 것만으로도 상징을 만들기엔 충분하다오."

영화가 입을 앙다물었다.

서영권은 당유회와 영화가 나누는 대화를 전혀 알아듣지 못했다. 다만 무림맹주 진무극이 천애검협과 그 여동생을 이용하려 한다는 것만은 얼추 알아들을 수 있었다.

서영권의 일생에 다섯 손가락 안에 들 만한 갈등이 시작되었다. 일생을 무림 정의를 위해 희생한 분이라고 여겨 존경해 왔던 무림맹주와, 자신의 목숨과 명예를 모두 보존케 해준 천애검협을 양쪽에 두고 저울질을 하게 된 셈이다.

'천애검협을 위해서라면……!'

창천검전의 이 층에 있는 회의장 앞에 당도한 서영권이 결심을 굳힌 듯 몸을 홱 돌렸다.

"혹시 들어가서 문제가 생길 것 같다면 들어가지 않으셔도 됩니다, 진 아가씨."

"그게 무슨 말씀이신가요?"

"아, 아무리 맹주님이라도 천애검협을 이용하려 한다면 이 서영권이 가만히 있지 않을 것입니다!"

서영권이 결의에 가득 찬 어조로 외치자 영화가 살포시 미소를 지어 보였다. 엄밀히 따지자면 이용이란 말도 틀린 말은 아니었지만 이렇게 비분강개하여 외칠 일은 아니다.

"걱정해 주셔서 고마워요, 오라버니."

"오, 오라버니라니요! 아니, 그보다 맹주님이……!"

"하지만 염려치 않으셔도 된답니다."

영화가 그렇게 말하며 회의장으로 걸어갔다. 당유회가 호감 가득한 미소로 서영권을 바라보더니 그 옆에 섰다.

서영권이 뭐가 뭔지 모르겠다는 표정으로 그들을 바라보다가 각오 가득한 얼굴로 그 자리에서 팔짱을 끼었다. 마치 무사히 나올 때까지 기다리겠다는 것처럼 말이다.
 영화에게 늙은 호위 하나가 생긴 셈이었다.
 "으흠, 흠."
 회의장 앞에 서 있던 시비가 방문자가 찾아왔음을 알리고 문을 열자, 옷차림을 추스르던 영화가 목을 가다듬었다.
 평소에는 느긋하기만 하던 당유회의 표정도 지금만큼은 딱딱하게 굳어 있었다.
 문이 완전히 열리자 영화가 한 걸음 앞으로 내딛었다.
 회의장 안은 승(僧), 도(道), 속(俗)의 고수들로 가득했다. 영화는 몰랐지만 그들은 구파일방과 오대세가의 대표자들로, 가장 배분이 낮은 이조차 장로의 직위를 가지고 있었다.
 각파의 장문인이 한 자리에 모이기 전까지는 이들이야말로 무림맹의 최고결정권자라고 할 수 있었다.
 구파일방 중 공동파와 점창파, 오대세가 중 제갈세가와 사천당가는 이미 장문인과 가주가 참석해 있었다.
 설마 조부(祖父)께서 무림맹에 당도해 계셨을 줄은 몰랐던 당유회의 안색이 흙빛이 되었다.

사천당가의 가주가 수염을 지그시 쓰다듬었다.

"호오, 천애검협의 동생이 이런 미인이었던가?"

"아미타불. 얼마 전에는 용이 찾아오더니 이번엔 봉이 한 마리 날아왔구려."

소림의 각원 대사가 불호를 읊조리며 웃음을 지어 보였다. 과거로부터 천애검협과 인연이 많았던지라 각원 대사의 얼굴에는 호의 가득한 미소가 어려 있었다.

하지만 각원 대사의 표정이 밝기만 한 것은 아니었다.

각원 대사뿐 아니라, 회의장의 무림 명숙 전부의 표정이 어딘가 딱딱하게 굳어 있다.

조부의 얼굴에서 그것을 느낀 당유회가 심각하게 변한 얼굴로 사방에 대고 장읍했다.

"당가의 소가주, 유회가 여러 무림 명숙을 뵙습니다."

"진가 사람 영화가 여러 무림 명숙을 뵙습니다."

당유회를 쫓아 장읍하던 영화가 가장 상석에 앉은 중년인을 발견하고는, 한 걸음 앞으로 나서며 머리를 숙였다.

"영화가 백……."

[백부라고 부르지 말도록.]

영화가 인사를 마치기도 전에 귓가에 낯선 음성이 들려왔다. 상석에 앉은 무림맹주 진무극이 전음을 보낸 것이다.

영화의 안색이 딱딱하게 굳어갔다. 할머니의 핏줄을 처음 만나는 영화로서는 많은 기대와 걱정을 했었다. 기왕 친척이 생기는 것이니 예쁘게 보이고 싶기도 했다.

하지만 영화의 표정은 금세 차분해져 갔다. 소량처럼 영화도 할머니와의 인연을 부정할 생각은 손톱만큼도 없었다.

[큰 조카에게 듣던 대로 침착한 아이로구나. 인연을 부정하려는 게 아니니 염려 마라. 나중에 설명해 주마.]

큰 조카라는 말을 듣자 영화의 표정이 밝아졌다.

진무극은 남몰래 흡족하게 웃으며 고개를 끄덕였다.

[어여쁘구나.]

영화가 누구도 알아차리지 못할 만큼 작게 고개를 숙여 보였다. 맹주이신 백부님께 무슨 생각이 있는 것인지는 아직 모르겠지만 인정을 받았다는 사실만큼은 기쁘기 짝이 없다.

"그래, 현의선자께서는 어떤 일로 무림맹을 찾으셨는가?"

진무극의 우측에 앉아 있던 제갈세가의 가주, 제갈군이 질문했다. 천애검협의 여동생이 참석을 했으니 무림맹은 소기의 목적을 이룬 셈, 특별한 용건이 없다면 돌려보내도 무방하다.

"이렇게 황망히 뵙게 될 줄 몰랐으나, 기왕 여쭤셨으니 용기를 내어 말씀을 올리겠습니다."

평생 시골의 촌부로만 살다가 무림의 일에 처음으로 나서게 된 영화가 긴장한 듯 입을 열었다.

"제게는 승조라는 이름의 동생이 있습니다. 아시는지는 모르겠으나 상계에서는 신산자라고 불린다고 하지요."

"금협(金俠)이라면 이미 알고 있다네. 우리가 검으로 협행을 한다면 금협은 돈으로 협행을 한다고 들었지."

긴장한 탓에 영화의 목소리가 떨려 나오자, 제갈군이 푸근한 어조로 맞장구를 쳐 주었다.

감사의 의미로 가볍게 목례한 영화가 말을 이어 나갔다.

"상계에 몸을 담았기에 제 동생은 자금의 흐름에 민감합니다. 일 년 전, 동생은 경쟁 상단에의 자금이 사라지고 있다는 것을 발견했습니다. 이를 수상히 여겨 조사한 결과, 자금이 청해로 빠져나가고 있다는 것을 확인할 수 있었다고 해요."

"혈마곡이겠지."

무림 명숙들이 오만상을 찌푸리며 서로를 바라보았다.

무거운 침묵 속에서 제갈군이 질문을 던졌다.

"혹시 그 상단이 운리방과 대진상단인가?"

"그걸 어떻게……."

영화가 놀란 얼굴로 탄성을 토해냈다.

제갈군이 고개를 절레절레 저으며 말했다.

"우리 쪽에서도 추적하고 있던 상단일세. 신양상단에서도 알고 있는 줄은 몰랐지만 말일세. 몇 달 전부터 운리방과 대진상단의 자금줄이 말랐었는데, 그게 혹시 금협의 소행인가?"

"돈으로 한 판 비무를 벌였다고 하더군요."

강호초출이라고 치기엔 너무나 침착하게 말하는 영화였다.

영화의 말이 끝나자 여기저기서 탄성이 터져 나왔다.

강호를 위진하는 천애검협도 그렇지만, 금협의 재주 역시 만만치 않다. 혈마곡과의 일전이라는 측면에서 보면 금협은 천애검협보다 더한 업적을 이룬 셈이었다.

"쯧! 밥값을 잃었으니 혈마곡도 배가 꽤나 고프겠군. 신양상단에 대한 호위책을 마련해 두겠네. 더불어 무조건적인 지원도 약속하지. 보급품을 그쪽에서 구입하는 것도 좋겠군."

"감사합니다. 제 동생도 기뻐할 거예요."

영화가 어두운 얼굴로 다시 사방에 대고 장읍했다.

뜻한 바를 이루었는데도 표정이 어두운 까닭은 목적을

이루는 과정이 쉬워도 너무 쉬웠기 때문이었다.
 '승조의 말과는 달라.'
 승조는 일이 쉽지만은 않을 것이라며, 꼭 누이가 가주어야 한다고 신신당부를 했었다. 승조의 말을 하나하나 떠올려 보던 영화가 눈을 질끈 감았다.
 '승조가 일부러 나를 떼어내려 했던 것이로구나.'
 능구렁이 같아서 누구도 속을 읽어낼 수 없다던 승조였지만, 그 누나인 영화만큼은 끝까지 속이지 못했다.
 '승조야, 무슨 일을 꾸미고 있는 거니?'
 마음이 무거워진 영화가 공연히 손끝을 만지작거렸다.
 한편, 영화만큼이나 당유회의 안색도 굳어 있었다.
 [총관에게서 네가 여자 치마폭에 휩싸여 정신을 못 차리고 있다는 소식을 들었다. 네 옆의 여아가 그 아이냐?]
 어릴 적부터 범보다 무섭게 여겨왔던 조부가 전음성을 보내자, 당유회가 눈을 질끈 감고는 고개를 끄덕였다.
 당가의 가주가 무심한 얼굴로 입술을 달싹였다.
 [근시일 내에 데려오너라.]
 고개를 끄덕이는 당유회의 표정이 시커멓게 죽어갔다.
 맹주와 무어라 대화를 나누던 제갈군이 고개를 들었다.
 "더 전할 말이 있으신가, 현의선자?"
 "아닙니다. 여러 어르신의 배려에 감사드릴 뿐입니다."

"배려는 무슨? 우리야말로 과한 선물을 받은 셈인데. 이번엔 우리가 선물을 줌세. 본래는 극비인 일이나 사나흘도 지나지 않아 전 무림이 알게 될 터, 상관없겠지."

제갈군이 손끝을 휘젓자 그의 손에 있던 종이 조각 하나가 허공을 춤추기 시작했다.

무례하다면 무례하다 할 수 있는 일이었으나, 회의장의 명숙들은 제갈군을 탓하는 대신 흥미로운 표정을 짓고 있었다.

제갈군이 현의선자의 무위를 시험하고 있는 것이다.

그것이 시험이라는 것을 몰랐던 영화는 '무슨 장난인가 보다'라고 생각하고는 소매를 휘둘러 그것을 받아내었다.

"호오!"

주변에서 작은 탄성이 새어 나오자 영화가 머쓱한 표정을 짓고는 종이를 펼쳐 들었다. 종이에 적힌 내용을 주르륵 읽어 내려가던 영화가 다급히 고개를 들었다.

"이, 이건……!"

"그래, 소저의 오라버니에 대한 소식일세."

제갈군이 말하자 영화가 다시 종이로 시선을 내렸다.

거기에는 당금 무림을 뒤흔들 만한 내용이 적혀 있었다.

혈마곡의 본궁이 청해에서 사천으로 진격 중입니다.

현재 흑수촌, 대열촌, 유가구 세 갈래로 나뉘어 진격하는 것으로 추측됩니다. 다만 흑수촌의 경우 천애검협이……."

第四章
고문(拷問)

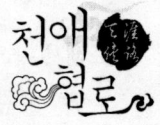

1

 흑수촌으로 진격하던 혈마곡의 마인들은 전멸을 당한 것으로 추측됩니다. 그들을 전멸시킨 자는 천애검협으로 짐작되며, 현재 혈마곡은 천애검협의 행적을 찾아 헤매고 있습니다.

 서신을 쥐고 있던 손이 가볍게 떨려왔다. 금자를 오십 냥이나 주고 얻은 귀한 서신이었으나 손의 주인은 그런 사정에는 관심이 없는지 아예 종이를 구겨 버렸다.
 '멍청하게……'
 종이를 움켜쥔 채 잠시 멈춰 있던 승조가 길게 한숨을

토해냈다. 목숨을 여벌로 가지고 다니는지 그의 맏형은 무모한 짓을 너무도 쉽게, 너무도 아무렇지 않게 벌이곤 한다.

'행방이 사라졌다. 사방을 뒤져도 천애검협의 흔적을 찾지 못했다. 혈마곡도 천애검협을 찾느라 혈안이 되어 있다?'

소량은 혈마곡의 선봉 중 한 갈래를 전멸시킨 직후 안개처럼 사라졌다. 흑수촌의 백성들도 같이 사라졌다고 하니 어디에서든 흔적이 드러나야 하는데 꼬리조차 보이지 않는다.

'이쪽과 달리 혈마곡은 형님의 행적을 알고 있겠지. 추종술에 능한 자가 없을 리가 없으니까. 형님은 지금 추적을 당하고 있다고 봐야 해. 소규모의 전투 역시 벌어졌을 터……'

잠시 무언가를 생각하던 승조가 붓을 움켜쥐고는 먹물에 적셨다. 그리고 얼마가 들던 상관없으니 천애검협의 행방에 관한 정보를 얻어달라는 내용의 서신을 작성하기 시작했다.

'형님은 당금 강호에 보기 드문 고수이니 무사할 것이다. 아니, 무사해야 해. 반드시 무사해야 해.'

서신을 다 작성한 승조가 한숨을 내쉬며 의자의 등받이

에 등을 기대고는 자신의 집무실을 물끄러미 둘러보았다.

남송(南宋) 시대에 용천요(龍泉窯)에서 구운 용천청자, 최고급 자단목으로 꾸며진 책상, 용이 양각된 기둥과 비단으로 만들어진 휘장까지 하나같이 고급이 아닌 것이 없다.

승조는 남직례가 아닌 신양상단에 있었던 것이다.

'누이는 무림맹에 도착하셨으려나?'

승조의 생각이 이번에는 영화에게로 향했다.

소량에 대한 정보는 돈을 주고 구입하려 해도 쉽게 얻을 수 없지만 영화에 대한 정보는 상계의 것으로도 충분했다.

아픈 백성들을 치료하겠답시고 자주 멈춰 선 터라 누이의 행보는 느리기만 했지만, 아무리 느려도 지금쯤이면 무림맹에 도착했을 터였다.

'지금쯤이면 내가 일부러 떼어냈다는 것도 눈치챘겠지.'

승조가 눈을 지그시 감고 또다시 한숨을 토해냈다.

'미안해요, 큰 누이.'

이제 누이는 무림맹의 맹주이신 백부님이 지켜줄 터였다. 막내는 창천존과 함께 있으니 걱정할 것이 없고 말이다.

문제는 넷째 동생인 진태승이다.

소량이 떠나던 날 태승도 종적을 감추었는데, 아무리 사람을 풀어 찾아보려 해도 그 행적을 알아낼 수가 없다.

강호나 민간에 이름이 알려졌다면 찾아내기 쉬웠겠으나 넷째의 이름은 한 번도 알려진 적이 없는 것이다.

'나도 나지만, 너도 참 대단한 사람이다. 잔머리로는 누구에게도 꿀리지 않는다 생각했는데 네 생각만큼은 읽을 수가 없구나. 태승아, 난 네가 어디서 무얼 하는지도 모르겠다.'

승조가 그렇게 생각할 때였다.

집무실 문이 열리는가 싶더니 인기척이 느껴졌다.

"마침 잘 왔어요. 이것 좀 장 행수에게 전해줄래요?"

시비가 들어온 것이라 생각한 승조가 눈조차 뜨지 않은 채 조금 전에 작성했던 서신을 들어 올렸다.

시비 대신 낯선 사내의 목소리가 대답했다.

"거절하지."

승조의 눈이 번쩍 떠졌다.

승조의 앞에는 붉은 장삼을 차려입은 깡마른 중년인이 서 있었다. 중년인의 소매에 다섯 개의 빗금과 휘어진 두 개의 곡선이 수놓아져 있는 것을 확인한 승조가 눈빛을 빛냈다.

승조도 익히 아는 문양, 혈마곡의 문양이었다.

"너무 늦으셨구려."

승조가 침착한 얼굴로 다시 등받이에 몸을 기댔다. 누이를 무림맹으로 보낸 이유가 바로 이것 때문이 아니었던가! 짐작했던 상황이 온 것뿐이니 놀랄 것도 당황할 것도 없다.

"……"

중년인의 눈썹이 꿈틀거렸다. 자신이 어디에서 나왔는지 짐작했으면서도 건방지기 짝이 없는 태도를 보이는 것이다.

"혹시 내가 누구인지 아는 겐가?"

"모르오, 어디서 왔는지는 알겠지만."

"혈륜서생(血輪書生) 고성죽(高成竹)이라 하네."

"내 이름은 아실 테니 굳이 소개할 필요 없겠지."

승조가 자리에서 일어나 좌측에 있는 장으로 향했다.

장을 열고 안을 뒤지던 승조가 곧 술병 하나를 꺼내 들었다.

"여기 있구나! 어디 한 잔 맛보시려오? 소홍 누이가 하도 잔소리를 종알종알거려서 숨겨둔 술인데, 맛이 제법 뛰어나다오. 아! 소홍 누이는 내 시비를 말하는 것으로……"

그 순간 승조의 귓가로 서늘한 바람이 불어 닥쳤다.
서걱!
승조의 귓불에서 뜨뜻한 액체가 흘러내렸다. 통증을 이겨내려 이를 악문 승조가 귓가를 한 차례 어루만져 보았다.
귓불이 반절이나 잘려 나가 있다.
"끄으응."
불에 덴 듯 화끈거리는 통증에 신음을 토해내던 승조가 술병을 들어 귀에다 쏟아부었다.
"성격이 너무 급하면 여자가 도망가는 법인데. 쯧! 보아하니 여태까지 참 외로우셨겠소."
승조가 혀를 몇 번 차고는 술병을 입가로 가져갔다.
혈륜서생의 얼굴에 점점 웃음기가 어리기 시작했다.
"하하, 하하하!"
혈륜서생이 세상에 이렇게 재미있는 놈은 처음 본다는 듯 한참을 웃더니, 한숨을 내쉬며 고개를 저었다.
"천애검협의 동생 중에는 평범한 사람이 없다더니, 과연 그 말이 틀리지 않군그래. 자네처럼 배짱이 두둑한 사람은 내 오십 평생 처음 보겠네. 하지만……."
혈륜서생의 얼굴에서 웃음기가 조금씩 사라졌다.
"이제부터 말 한 마디를 잘못할 때마다 손가락 하나를 자르겠네. 발가락은 건드리기 귀찮으니 나를 시험해 보려거든 열 번만 해보는 게 좋을 걸세."

섬뜩한 협박에도 승조의 표정은 여전히 느긋했다.

"협박이라… 아직 배가 덜 고팠나 봐?"

스르르—

혈류서생의 육신이 안개처럼 사라지더니 승조의 바로 옆에서 모습을 드러냈다. 승조가 그간 배웠던 태허일기공의 일단공을 펼쳐 막아보았지만 말 그대로 상대가 되지 않았다.

혈류서생이 금나수로 승조의 오른손을 잡아채어 책상에 내려쩍었다. 그리고는 팔찌처럼 생긴 작은 륜으로 승조의 소지(小指:새끼손가락)를 잘라내었다.

"끄으읍!"

"이제 아홉 개 남았네."

혈류서생이 승조의 오른손을 단단히 움켜쥔 채 말했다.

평생 이와 같은 고통을 처음 당해보는 승조가 연신 신음을 토해냈다. 어째서인지 '저눔은 조금만 아파도 엄살을 떨고 지랄이여!' 라던 할머니의 카랑카랑한 목소리가 떠올랐다.

'아픈 건 아픈 거 아닙니까, 할머니.'

협박 때문인지, 아파서인지 승조는 잠시 입을 열지 못

했다.

혈륜서생도 이래도 까불 수 있겠느냐는 듯 무심하고도 냉철한 얼굴로 승조를 바라볼 뿐 독촉을 하지는 않았다.

잠시 뒤 승조가 입을 열었다.

"나 독약 마셨다."

승조의 약지를 자르려던 혈륜서생이 멈칫했다. 돈을 되찾기 전에는 금협을 죽이지 말라는 엄명을 받았던 탓이었다.

승조가 조금 전에 마신 술병을 턱 끝으로 가리켰다.

"해독제는 어디에 있지?"

"묻지 마. 손가락의 통증 때문에 너무 괴로우니 그냥 죽는 게 낫겠어. 그나마 저 독은 통증이 없으니……."

이제는 아예 반말로 지껄이는 승조였다.

"그럼 더 아프게 해주겠네."

혈륜서생이 승조의 마혈과 아혈을 짚고는 몇몇 개의 혈도를 두드렸다. 이른바 역천소(逆天笑)라는 수법인데, 한 번 당하면 혈행이 거꾸로 흘러 끔찍한 통증을 느끼게 된다.

"……!"

승조가 바닥에 쿵 쓰러지더니 갓 잡은 생선처럼 파득댔다.

혈륜서생은 물끄러미 그 모습을 바라보다가 경련이 조금씩 멎어갈 때쯤에야 혈도를 정상으로 돌려주었다.

그다음은 기다릴 차례다. 거꾸로 돌아갔던 혈행이 제대로 돌아오기를, 통증으로 인해 나가 버린 정신이 돌아오기를.

그렇게 얼마나 지났을까.

혈륜서생이 다시금 승조의 아혈과 마혈을 풀어주었다.

"다음은 분근착골(分筋搾骨)일세. 이제부터는 신중하게 말하는 것이 좋을 게야. 해독제는 어디에 있나?"

힘겹게 몸을 가누어 주저앉은 승조가 흐느끼듯 어깨를 들썩거렸다. 잠시 뒤, 혈륜서생의 귓가에 웃음소리가 들려왔다.

"큭, 크크큭."

혈륜서생의 얼굴이 또다시 일그러졌다.

'…웃어?'

참으로 기이한 놈이었다. 아무리 혈마곡에서 방문할 것을 짐작하고 있었다고 해도 긴장조차 안 할 수는 없는 노릇인데, 놈의 태도는 처음부터 지금까지 느긋하기만 했다.

고문을 당할 것을 짐작했는지 미리 죽음을 선택하는 주도면밀한 면도 보였고 말이다.

하지만 해독제의 위치를 말하면 모든 것이 끝이다.

혈류서생에게는 죽은 사람만 아니라면 누구든 입을 열게 만들 자신이 있었으니까 말이다.

혈류서생은 조용히 승조가 입을 열기를 기다렸다.

"생사신의(生死神醫)의 마비산은 정말 뛰어나."

이번에도 승조의 대답은 상식을 뛰어넘었다.

혈류서생의 얼굴이 일그러지다 못해 구겨졌다.

"빌어먹을 놈……."

"몸은 움직일 수 있는데, 쿨럭, 쿨럭! 감각은 없어. 손톱만 한 양에 금자로 삼십 냥이나 하기에 온갖 욕을 다 했었는데, 반성해야겠는걸. 반성해야겠어!"

고문을 주특기로 삼은 후로 이와 같은 강적은 처음이다. 아무리 고문을 해도 감각을 느끼지 못할 테니 자신의 특기도 소용이 없는 것이다. 왠지 모르게 짙은 패배감이 들었다.

혈류서생은 승조를 내버려 두고는 아까까지 그가 앉아 있었던 의자로 걸어가 털썩 앉았다.

승조가 비틀거리며 자리에서 일어나 호흡을 골랐다.

"아깐 내가 잘못 말했어. 배 많이 고팠던 것 맞군. 보자마자 고문을 할 정도로 말이야."

독에 마비산까지 탄 술을 마셨으니 이제는 방법이 없다.

혈륜서생은 승조의 건방진 말투에 적응하기로 했다.

"많이 고팠지. 그러니 돈을 돌려주게. 대신 편히 죽여주지."

"그렇게 말하면 줄 돈도, 쿨럭, 쿨럭! 주기 싫어지는 법이지. 이대로 내가 죽으면 계속 굶어야 될 텐데?"

"신양상단을 지워 버릴 수도 있지 않겠나. 신양현에 있던 본단을 지워 버렸을 때처럼 말이야."

"말이 바로 안 나오는 걸 보니 입이 삐뚤어졌나 봐? 신양상단은 우리 스스로 지웠어. 너희는 거기에 휘말려서 몰살당해 버린 것뿐이고. 지금이라고 다를까? 당신 혼자 신양상단을 상대할 수 있겠어? 못해. 머지않아 무림맹의 보호가 강화될 테니 더욱 불가능할 테지."

혈륜서생으로서도 반박할 말이 없었다.

신양현의 본단을 지워 버린 것은 전대 상단주가 구입했다는 화약이지, 혈마곡의 마인들이 아니었던 것이다.

위치를 옮긴 지금의 신양상단 역시 용담호혈이긴 마찬가지다. 신양상단 스스로가 준비한 것도 있고, 무림맹의 보호도 있으니 말이다. 게다가 그 보호는 이제 더 강화될 예정이었다.

"만에 하나 너희가 불가능을 가능케 한다고 해도 결과는 마찬가지야. 너희한테 빼앗은 돈을 어떻게 운용했는지는 나밖에 모르거든. 심지어 단주님도 모르지."

핏물이 흘러내리자 승조가 입가를 손으로 닦았다.

승조는 운리방과 대진상단에게서 빼앗은 자금을 수십 갈래로 분산시키고, 그 수익을 거두는 곳도 수십 갈래로 분산시켜 놓았다. 한두 군데 정도는 찾아낼 수도 있겠지만 모든 자금을 회수하는 것은 누구에게도 불가능한 일이다.

결국 혈마곡은 승조처럼 운리방과 대진상단을 움직여 돈이 아닌 상권을 회수한 후, 거기서 수익이 나오기를 기다려야 할 것이다. 물론 머지않아 무림맹이 운리방과 대진상단을 지워 버릴 테니 그런 시도도 못 해보겠지만.

혈마곡은 확실하게 돈주머니를 빼앗겼다.

혈류서생이 무언가를 생각하며 턱을 긁적였다.

"머리가 좋은 젊은이로군. 준비도 많이 해뒀고. 그런데 듣다 보니 한 가지가 궁금해지네그려. 그렇게 많은 준비를 마쳐 놓고도 왜 숨지 않고 나를, 혈마곡을 기다렸는가?"

무림맹에 운리방과 대진상단의 자금을 빼앗았음을 더 빨리 전할 수 있었는데도, 승조는 영화가 무림맹에 도착해서 알리기를 기다렸을 뿐 지급을 보내거나 하지는 않았다.

혈륜서생의 말대로 혈마곡을 기다렸기 때문이었다.

"글쎄, 내가 대자대비하기 때문이 아닐까?"

"그냥 죽게. 까짓것 그냥 굶고 싸우면 되겠지."

승조의 의자에 앉아 있던 혈륜서생이 자리에서 일어났다.

살기를 느낀 승조가 다급히 입을 열었다.

"협상하려고."

"흐음."

혈륜서생이 작게 탄성을 토해내며 다시 의자에 앉았다.

승조는 무릎걸음으로 장에 다가가 주저앉아 등을 기댔다.

"조정도, 정도무림도 무림맹의 승리를 믿어 의심치 않지만 나는 의견이 달라."

승조가 혈륜서생에게서 시선을 떼어 천장을 바라보았다.

"지난 정보들을 훑어보니, 혈마곡이 발호할 것이라는 징조를 여러 번 보고도 무림맹은 그럴 리가 없다며 무시해 버렸더군. 지난 혈난으로부터 긴 시간이 지난 것도 아닌데 무림맹은 과거를 몽땅 잊어버린 모양이야. 고인 물은 썩는다는 말처럼, 무림맹도 썩어버린 거지. 퉤엣! 더러운 권력."

"본론은 언제 나오나?"

"멍청하면 똑똑한 사람이 하는 말을 귀담아 듣는 법이라도 배우지그래? 쿨럭, 쿨럭!"

혈륜서생이 독촉했지만 승조는 주제를 바꾸지 않았다.

"혈마곡이 발호한 후로도 무림맹은 변하지 않았지. 남궁세가와 화산파, 곤륜파가 습격당하고 중소문파들이 멸문당하는 동안 무림맹은 한 게 없어. 이 상황에 이르러서도 권력다툼이나 계속할 뿐. 믿어져? 혈마곡을 상대하는 것보다 줄어든 이득부터 회복하려 했던 곳이 한두 군데가 아니었어."

혈륜서생은 더 이상 승조를 독촉하지 않았다.

그저 흥미로운 표정으로 귀를 기울일 뿐이었다.

"처음엔 그래도 기대를 했었지. 조정이 나서면, 황군(皇軍)이 움직이면 이길 수 있을 거라고 말이야. 하지만 황군도 기대할 것은 못 되더군. 조정 내 권력다툼 때문이지. 북평부에서 격문이 돌고 있다지만 결국 황군을 움직이지는 못할 거야."

"그래서?"

혈수서생의 말에 승조가 눈을 질끈 감았다.

"너희가 이길 수도 있으니 나도 끈을 대둬야겠지. 아니, 그게 아니더라도 상인은 본래 분산투자를 하는 법."

눈을 질끈 감고 가만히 있다 보니 기대고 있던 몸이 아래로 미끄러진다. 승조는 '끄응' 소리를 내며 몸을 추슬렀다.

"나는 돈을 돌려주고, 너희는 우리를 살려준다. 어때?"
"태허일기공의 전인을 살려줄 것이라고 생각하나?"
"일단공 정도밖에 모르면 살려줄 만하지 않겠어?"
혈륜서생이 잠시 멈칫했다가 눈을 지그시 감았다.
"불가능한 제안일세. 아니, 백보 양보해서 다른 형제들은 살려줄 수 있다고 해도 천애검협은 살려줄 수 없어."
"형님은 포기했어. 나 자신도 포기했고."
승조의 입에서 믿을 수 없는 소리가 터져 나왔다.
"우리 큰 누이 진영화, 내 동생 진태승, 막내 진유선. 이 세 명만 살려줘. 그럼 본래 벌었을 돈에 웃돈까지 얹어서 돌려 드릴게. 어때, 이만하면 괜찮은 협상 아닌가?"
혈륜서생의 입에서 신음이 터져 나왔다.
단 일단공만 익혔더라도 태허일기공의 전인은 무조건 살려줄 수 없다. 아니, 태허일기공이 아니더라도 복수의 씨앗을 굳이 남겨둘 필요가 어디에 있겠는가!
거기다 그들의 면면이 어떠하던가? 진태승이라는 자는 모르겠지만, 진영화는 사천당가와 밀접한 관계를 맺고 있고 진유선은 창천존과 벗을 자처하는 사이다.

'하지만 당장 자금을 회복할 수 있다는 점은 매력적이기 짝이 없구나. 저놈을 속일 수만 있다면……'

혈륜서생이 침음성을 터뜨리며 질문을 던졌다.

"돈을 돌려주는 방법은?"

"당장 금자 이천 냥은 융통할 수 있겠지만, 내가 너무 복잡하게 꼬아두어서 그 이상은 안 돼. 아니, 그게 아니더라도 돈만 받고 입 싹 닦으면 어쩌라고 한 번에 주겠어?"

"흐음."

혈륜서생은 턱을 긁적이며 생각에 잠겨들었다. 이야기를 계속 들어야 하는가, 말아야 하는가에 대한 고민이었다.

잠시 뒤, 혈륜서생이 결심한 듯 일어나 승조에게 향했다.

"미안하네. 나는 자네를 못 믿겠어."

"믿지 마."

승조의 눈은 졸린 듯 풀려 있었다. 익숙지 않은 고통을 실컷 맛본 탓에 혼절하기 직전의 상황에 이른 것이다.

"혈마곡이 수세에 몰리면 내가 먼저 배신할걸? 누이나 동생들의 안전을 완벽하게 확보하게 되어도 마찬가지고."

"하! 그렇게 말하면 누가 자네를 믿겠나? 이제야 알겠군. 이 상황을 모면하기 위해 간교한 거짓말을 하고 있을 뿐, 자네는 애초부터 자금을 돌려줄 생각이 없었던 게야."

"한심하긴. 그렇게 자신이 없어?"

"자신?"

승조의 앞에 선 혈류서생이 딱딱한 얼굴로 그를 내려다보았다. 승조가 졸린 얼굴로 눈을 깜빡였다.

"우리는 서로에게 줄 것이 있고 받을 것이 있어. 그것을 다 주고받으면? 그때는 서로 배신하는 거야. 내 이용가치가 떨어지면 너희는 나와 형제들을 다 죽일 테고, 혈마곡이 패배할 것 같은 조짐이 보이면 난 뒤도 안 돌아보고 도망을 치겠지."

승조가 오만상을 찌푸리더니, 기침을 토해내기 시작했다.

"쿨럭, 쿨럭! 돈을 받고 싶으면 무림맹과의 건곤일척의 승부에서 이겨. 그러면 난 배신하지 않아. 물론 그 사이에도 꾀를 부려볼 수는 있겠지만… 혈마곡에 날 제어할 수 있는 사람이 한 명은 있을 텐데."

"귀곡자를 말하는 것이로군."

혈류서생의 입가에 미소가 어리기 시작했다.

혈류서생의 미소는 점점 광소로 변해갔다.

"하하하! 재미있군, 재미있어! 나는 자네의 상대가 될 수 없겠지만, 귀곡자라면 능히 자네를 제어하고도 남음이 있겠지!"

이제 결론이 날 순간이다.

승조가 침착해지려 애쓰며 혈륜서생을 바라보았다.

"좋아. 자네를 혈마곡으로 데려가 주지."

혈륜서생의 말에 승조의 입꼬리가 살짝 올라갔다.

혈륜서생은 그런 승조의 변화를 알아차리지 못했다.

"귀곡자와 혈마께서 협상에 동의하면 자네는 생존을 도모해 볼 수 있을 게야. 언제까지 살아남을 수 있을지는 두고 봐야겠지만 말이야. 가기 전에 해독제부터 먹게. 어디 있나?"

"네가 앉아 있던 의자의 다리를 부러뜨려 봐."

혈륜서생은 앉아 있던 의자를 들어 올려 네 개의 다리를 몽땅 부쉈다. 왼쪽 첫 번째 다리에서 약병이 하나 떨어졌다.

승조는 희미하게 웃으며 혈륜서생이 던진 약통을 받았다.

그리고 눈을 지그시 감고 해독제를 들이켰다.

'큭큭, 혈륜서생이라 했던가? 당신은 역적이 될 거야.'

무림맹이 썩었다고 판단한 것은 맞다.

하지만 완전히 썩었다고 판단한 것은 아니다. 무림맹의 맹주는 진가로, 할머니의 핏줄을 이은 사람이다. 남들은 어처구니없다 하겠지만 승조에게 그것은 확실한 믿음의 근거였다.

조정이 썩었다고 판단한 것은 맞다.

하지만 군문제일검 역시 진가의 핏줄을 이었다.

만약, 만약 그들이 호부(虎父) 밑의 견자(犬子)처럼 할머니의 가르침을 온전히 잇지 못했다고 해도 상관없다.

할머니가, 소량 형님이 있으니까.

'그리고 나도 있지.'

운리방과 대진상단은 혈마곡의 자금줄 중 곁가지일 뿐 그것을 관리하는 진짜 몸통은 따로 있다. 아직 어떤 상단인지, 아니, 상단인지 아닌지조차 모르지만 말이다.

멀리 갈 것도 없이 딱 하나, 그 이름만 알게 되어도 승조는 혈마곡의 숨통을 틀어쥘 수가 있다.

바로 그 때문에 승조는 혈마곡에 잠입할 계획을 세웠다.

'이봐, 혈륜서생이란 양반. 그거 아나? 모든 장사꾼이 사기꾼은 아니지만, 이 금협만큼은 사기꾼이 맞아. 그리고 무릇 사기란 상대를 자리에 앉히는 것에서부터 시작되는 법이지.'

그리고 멍청하게도 혈륜서생은 이미 자리에 앉았다.
승조는 희미한 미소를 지으며 혼절했다.

 혈륜서생과 승조가 떠난 후 한 시진이 흐른 후였다.
 평소처럼 승조의 집무실을 청소하러 왔던 시비, 소홍은 핏자국과 잘린 손가락 한 개를 발견하곤 비명을 질렀다.
 승조가 실종되었다는 소식에 상단주인 이호청과 그 호위인 임자평이 대경하여 달려왔다. 임자평은 도착하자마자 시비를 물리곤 방 안을 샅샅이 뒤지기 시작했다.
 "흐음."
 술병에 고인 술을 찍어 먹어본 임자평이 얼굴을 구겼다.
 술에서 신 맛이 가득 묻어나는 것이다.
 "천천히 죽는 독을 구해 달라 하더니……."
 임자평이 어두운 얼굴로 다시 주위를 훑어보았다. 텅 빈 약병과 부러진 의자를 훑어보던 임자평은 의자 안에 해독제가 있었음을, 그리고 금협이 그것을 복용했음을 알아차렸다.
 쪼그려 앉아 있던 임자평은 천천히 몸을 일으켰다.
 "다행히 죽지는 않았습니다, 단주."
 "죽지는 않았다? 하면?"

상인이 된 지 얼마 되지 않아 신양상단의 대부분의 업무를 총괄하는 위치에까지 올라선 상계의 기린아, 금협이 실종되었다는 소식에도 이호청의 표정은 느긋하기만 했다.

"다만 흉수의 손에 납치된 것 같습니다."

"어째서 그렇게 보는가?"

임자평이 먼저 술병을 가리켰다.

"암습을 당한 금협은 자결을 하려고 독을 마신 듯합니다. 하지만 살수에게는 금협을 살려둬야 할 필요가 있었나 봅니다. 때문에 그의 손가락을 잘라 고문했고……"

이호청의 시선이 임자평을 쫓아 손가락으로 향했다.

"결국 금협은 해독제의 위치를 토설했습니다."

"저기 저 약병이 해독제인 모양이로군."

이호청이 허리를 굽혀 약병을 주워 들었다.

임자평이 열려 있는 창가를 가리키며 말을 맺었다.

"살수는 금협에게 해독제를 복용시킨 후, 그를 데리고 창문을 통해서 빠져나갔을 것입니다. 아마도 혈마곡이겠지요."

"역시 자네는 훌륭해! 약간 둔한 데가 있지만 말일세."

이호청이 탄성을 토해내자 임자평의 표정이 멍해졌다.

'내 추론이 틀렸단 뜻인가?'

고문(拷問) 133

임자평은 재빨리 주위를 다시 훑어보았다.

하지만 아무리 훑어봐도 이상한 점은 없었다.

"제가 무엇을 놓친 것인지요?"

"이보게, 임 호위. 생각을 좀 해보게. 자네라면 자결을 결심해 놓고 해독제를 준비해 두겠나?"

이호청의 말에 임자평이 떨떠름한 어조로 중얼거렸다.

"실수로 독을 마실까 두려워서……."

"자결하기 위한 독을 실수로 마셔?"

임자평이 말문이 막힌 듯 입을 다물었다. 이호청이 눈을 가늘게 뜨고는 임자평의 눈앞으로 얼굴을 가져갔다.

"이건 다 그놈이 작정한 걸세, 작정한 게야. 천하를 낚을 낚시꾼인 줄 알았는데, 알고 보니 지렁이였던 게지."

이호청이 몸을 돌리고는 성큼성큼 걸음을 옮겼다.

겉만 보면 몹시 허술해 보이지만, 사실 누구보다도 지혜로운 사람이 바로 이호청이었다.

승조가 아는 것은 이호청 역시 알고 있다.

'틀림없이 몸통을 알아내려 잠입을 시도한 것이렷다? 어떤 놈이 걸렸는지는 모르겠지만 네놈 말재간에 놀아났을 것을 생각하니 안쓰럽기까지 하구나, 안쓰럽기까지 해.'

이호청이 피식 웃으며 고개를 절레절레 저었다.

뒤늦게 상황을 깨달은 임자평이 그 뒤를 쫓으며 질문했다.

"낚시꾼인 줄 알았는데 알고 보니 지렁이였다는 말씀은 금협이 스스로 미끼가 되었다는 뜻입니까?"

"이번엔 좀 낫구먼."

걸어가던 이호청이 몸을 홱 돌렸다.

범인이었다면 이호청과 충돌을 했겠지만, 임자평 역시 무림의 고수인지라 그런 일은 일어나지 않았다.

"일단 금협의 실종은 비밀로 해야 할 걸세."

"아니 될 말씀입니다. 금협이 무슨 일을 꾸미고 있는지는 모르겠으나 혈마곡을 상대로 스스로를 미끼로 삼다니, 너무 무모한 일입니다. 지금 당장 강호에 알려 추적해야……"

"완동판관 진유선이 천괴 창천존과 찾아와서 우리 오빠 사라질 동안 너네는 뭐했냐고 물을 것을 생각하니 섬뜩한 걸. 현의선자가 당가의 소가주와 함께 찾아오는 것도 무섭고 말이야. 그건 우리에게도 무서운 일이지만 진가 놈에게도 무서운 일일 걸세. 자신이 하려는 일에 방해가 될 테니까 말이야."

임자평이 얼굴을 찌푸리며 무어라 첨언하려 했다.

이호청이 전에 없이 진지한 어조로 고개를 저었다.

"우리는 금협을 믿어야 하네, 임 호위."

이호청의 표정에서 장난스러운 기색이 완전히 사라졌다.

"내 생각이 옳다면 지금부터는 상계의 싸움이 될 걸세. 놈이 무사히 혈마곡에 잠입하는 데 성공한다면 어떤 식으로든 신호를 보낼 거야. 그것을 놓쳐서는 안 되네. 자네는 가서 행수들에게 우리 신양상단이 취급하고 있는 모든 품목의 유통 흐름을 하루에 한 번씩 보고하라고 전하게. 돈이 얼마가 들어도 좋으니 매일 저녁 지급으로 서신을 보내라고 전해."

이호청이 숨이 차는지 잠시 말을 멈췄다가 계속했다.

"그리고 사람이 많든 적든, 상단이라는 이름만 붙은 곳이 있다면 어떻게든 뒤져서 그들의 자금 보유량을 알아내라고 전하게. 간을 주든 쓸개를 빼주든 어떻게든 알아내라고 해!"

말을 마친 이호청이 다시 몸을 돌려 성큼성큼 걸어갔다.

승조가 없으니 쏟아지는 정보를 분석하고 취합하는 일은 예전처럼 본인이 직접 해야 하리라.

'고생만 잔뜩 시키는군, 빌어먹을 놈.'

생각과 달리 이호청의 입가에 미소가 걸렸다.

건곤일척의 승부를 벌이는 것은 혈마곡과 무림맹뿐만이

아니다. 아직 이름조차 모르지만 혈마곡을 돕고 있는 곳과 신양상단도 건곤일척의 승부를 벌이는 셈이다.

이 싸움에서 이기는 자가 중원 상계를 차지하리라.

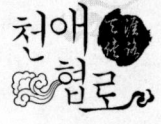

1

 혈마곡과 무림맹의 전력을 단순히 비교하자면 말 그대로 백중세(伯仲勢)라 할 수 있다.
 일월신교를 물리친 이후로 조정은 중원의 무림문파들을 지방 무벌과 비슷하게 인식했고, 무림문파들은 조정의 견제가 완화된 것을 기뻐하며 조금씩 규모를 키워 나갔다. 아예 조정의 인가를 받아 설립된 무림맹은 더 말할 필요도 없으리라.
 숫자로만 비교한다면, 우위에 서 있는 것은 무림맹이다.
 그러나 혈마곡은 소수일지언정 고수들로만 이루어져

있다.

 단적인 예로 흑운색마의 경우를 들 수 있다. 천하에 이름 높은 청성파지만, 일대제자들까지 내보냈음에도 여제자를 간살한 흑운색마를 처단하지 못하지 않았던가! 결국 장로들까지 나섰으나, 흑운색마는 이미 도주하여 혈마곡에 든 후였다.

 그처럼 혈마곡에는 정도의 문파를 농락하고 유유히 도주해 버린 마인들이 부지기수로 많다. 지난 삼십 년간 사라져 버린 마인들은 모두 혈마곡에 있다고 해도 과언이 아니리라.

 경우가 다르긴 하지만, 일개 문파로서 무림 전부를 상대했던 일월신교의 위엄이 고스란히 혈마곡으로 이어진 셈이니 아무리 다수라 해도 정도무림은 안심을 할 수가 없었다.

 그러던 어느 날, 무림맹이 마침내 혈마곡의 본궁이 움직였음을 발표했다. 혈마곡의 발호를 듣고도 추이만 지켜보고 있던 전대 고수들이 하나둘씩 무림맹을 찾아오기 시작했고, 무림맹은 일촉즉발의 긴장 속에서 세(勢)를 정비했다.

 화(禍)와 복(福)은 함께 오는 법이라던가?

 혈마곡의 본궁이 움직이기 시작했다는 발표로부터 보름 후, 무림맹에 한줄기 낭보가 날아들었다.

―정도에도 영웅(英雄)은 있어, 한 명의 무인이 홀로 혈마곡의 본궁을 막아내고 있도다!

소문의 주인공은 다름 아닌 천애검협 진소량이었다.
소량은 흑수촌을 지키기 위해 목숨을 걸었던 것이지만, 중원에는 천애검협이 혈마곡의 본궁이 움직였음을 알고 홀로 나서 그 선봉을 전멸시켰다고 알려진 것이다.
정도무림 전체가 천애검협의 소문에 열광했다.
무림인들은 한시라도 빨리 천애검협을 도와야 한다며 빠르게 집결했고, 무림맹 역시 기회를 놓치지 않겠다는 듯 보급로를 갖추자마자 사천으로 출정을 시작했다.
하지만 정작 소문의 주인공인 소량은 그러한 사실을 하나도 알지 못하고 있었다.
소량과 현무당원들은 현재 고립(孤立)되어 있었다.

제갈영영이 어두운 얼굴로 주위를 둘러보았다. 아직 초가을에 불과한데도 날씨는 싸늘하기 짝이 없었다.
무학을 익힌 제갈영영이나 현무당원들이라면 모르겠지만 흑수촌의 백성들에게는 혹독한 날씨라 아니할 수 없다.
'모닥불이라도 피워야 할 텐데……'

하지만 모닥불을 피우게 되면 봉화를 켠 것마냥 흔적이 남게 될 것이다. 당분간은 그냥 추위를 견뎌낼 수밖에 없다.

'어떻게 해야 하지? 일이 점점 어려워져.'

제갈영영이 눈을 질끈 감았다.

천애검협의 일전(一戰)이 끝난 후에야 도착한 현무당원들은 가장 먼저 생존자를 수색했다. 싸움이 벌어질 동안 망가진 진법 안에 숨어 있었던 흑수촌의 백성들은 울먹이며 나타나 저들만 살겠다고 도망쳐 버린 현무당원들을 원망했다.

소량과 제갈영영, 운현자와 현무당원들은 최대한 빨리 흑수촌의 백성들을 수습하여 피난길에 올랐다.

처음에는 제갈영영도, 운현자도 상황을 낙관했었다.

아무리 적진에 있는 것이나 마찬가지라 해도 추적이 바로 이루어지진 않을 것이라 생각했던 것이다.

하지만 혈마곡의 행보는 빠르기만 했다. 마치 그들을 죽이기 위해 중원으로 진격하는 것조차 뒤로 미룬 듯했다.

'틀림없이 그럴 거야. 천애검협은 혈마곡에게 있어서 불구대천의 원수나 마찬가지니까. 선봉이 전멸당한 수모를 씻기 위해서라도 반드시 천애검협을 죽이려 하겠지.'

제갈영영이 길게 한숨을 토해냈다.

흑수촌을 탈출한 지 두 달이 지났으나, 현무당과 흑수촌의 백성들은 아직도 청해조차 벗어나지 못한 상태였다.

"영영 언니, 나 추워."

어린 계집아이 하나가 꼬물꼬물 제갈영영의 품속을 파고들었다. 흑수촌을 지키기 위해 나섰다가 목숨을 잃어버린 종리윤의 막내 딸, 종리혜(鍾離惠)였다.

제갈영영은 종리혜를 끌어안고는 명문혈로 손을 가져가 얼마 안 되는 기운이라도 양껏 불어넣었다.

"조금만 참자. 금방 따뜻해질 거야."

"으응."

제갈영영의 품에 안긴 종리혜가 시무룩한 얼굴로 옷자락을 만지작거렸다. 그리고 수도 없이 했던 질문을 다시 던진다.

"그런데 언니, 아빠는 언제 와?"

"그건 언니도 잘 모르겠구나……."

제갈영영이 더듬더듬 대답하자 멀찍이 앉아 있던 종리윤의 첫째 딸, 종리율이 날카로운 눈으로 그녀를 쏘아보았다.

열다섯 살이 된 종리율은 제 아버지의 죽음은 물론, 자신들의 목숨이 풍전등화나 다름없다는 것까지 잘 알고 있었다.

제 언니의 시선을 눈치채지 못한 종리혜가 질문했다.

"아빠가 혜아 있는 데를 몰라서 못 오면 어떻게 해? 아빠가 혜아 있는 데 몰라서 막막 헤매고 있으면 어떻게 해?"

"언니가 아빠한테 다 말했으니까 걱정하지 않아도……."

"거짓말."

제갈영영이 억지로나마 미소를 지으며 대답할 때였다.

흙바닥에 주저앉아 있던 첫째 딸, 종리율이 벌떡 자리에서 일어나더니 제갈영영에게로 다가와 그 품에 안겨 있던 종리혜의 손을 확 잡아채었다.

"엄마한테 가자. 아빠는 이제 안 와."

아빠가 안 온다는 말에 종리혜의 눈이 휘둥그레 커졌다.

제갈영영이 그러지 말라는 듯 고개를 저었다.

"아율……."

"왜 애한테 거짓말을 하고 그래요? 나중에 애가 실망하면 어떻게 감당하려고? 종리혜 너 잘 들어. 아빠는 이제 안 와."

종리율이 짜증 섞인 얼굴로 제갈영영을 탓했다.

"아, 아빠 안 와?"

충격적인 말에 종리혜가 울먹이기 시작했다. 종리율이 고개를 끄덕이자 종리혜가 울음을 터뜨리며 발버둥 쳤다.

"거짓말 하지 마! 언니는 바보야! 바보 멍청이야! 아빠 올 거야! 아빠 와서 혜아한테 예쁘다, 예쁘다 해줄 거야!"

"안 와! 아빠는 안 온다고! 이제 못 와!"

종리율이 표독스럽게 동생의 손을 움켜쥐며 외쳤다.

제갈영영이 얼른 종리율을 말렸다.

"아율, 네 심정은 이해하지만······."

"아율이라고 부르지 마! 그건 아빠만 부를 수 있으니까!"

그렇지 않아도 예민한 나이였던 종리율이 제갈영영의 손을 거칠게 뿌리쳤다. 그 덕택에 큰언니의 손에서 풀려난 종리혜가 앙앙 울면서 제 엄마에게로 걸어갔다.

그토록 다정했던 남편을 잃어버린 종리 부인은 실신이라도 한 건지 막내딸의 부름에 응답하지 못했다. 대신 둘째 딸 종리소소가 종리혜를 끌어안고 같이 울음을 터뜨렸다.

종리율이 제갈영영을 노려보며 중얼거렸다.

"자기만 살자고 도망친 주제에 이제 와서 신경 쓰는 척하지 말아요, 구역질나니까."

종리율의 말은 제갈영영의, 아니, 현무당원 모두의 가슴에 화인처럼 남은 죄책감을 건드리고 있었다. 갑자기 벌어진 소란에 종리율을 바라보았던 현무당원들이 고개를 숙였다.

"뒤늦게 왔으면 구해주기라도 하던가, 이게 뭐예요? 언제 죽을지도 모르는데 아무 일도 없는 척하지 말라고요!"

제갈영영이 아무런 대답도 하지 못하자 종리율이 그녀에

게 잡혔던 손목을 어루만지며 몸을 돌렸다.

제갈영영은 눈을 질끈 감고 길게 한숨을 토해냈다.

"하아—"

"으음."

운현자 역시 신음을 토해내긴 마찬가지였다.

잠시 뒤, 눈을 질끈 감은 채 한참을 가만히 앉아 있던 운현자가 헛기침을 몇 번 뱉어 현무당원들의 주의를 환기시켰다.

"하던 이야기로 돌아가겠소."

"말씀하십시오, 당주."

현무당원들이 다시금 운현자에게로 시선을 돌렸다.

운현자가 바닥에 대충 그려놓은 지도를 가리켰다.

"지금까지 우리는 네 번 행로를 바꾸었소. 처음엔 빈도가 몸담고 있는 청성산으로 가려 했고, 그다음으로는 아미산 쪽으로 방향을 잡았지. 하지만 청성으로 가는 길도, 아미로 가는 길도 모두 막혀 버리고 말았소."

현무당원들이 상황을 낙관한 것은 추적이 곧바로 이루어지지 않을 것이라고 여겼기 때문이기도 하지만 천애검협의 무위를 직접 목도했기 때문이기도 했다.

천애검협은 인세에 보기 드문 고수이니, 그가 길을 뚫어주면 그 길로 달음박질치기만 하면 될 것이 아닌가.

하지만 천애검협은 길을 뚫는 대신, 며칠마다 한 번씩 진로를 바꾸는 방법을 택했다.

진법 속에 백성들을 감출 수 있었던 흑수촌에서와 달리 지금은 노출된 상태이니, 만에 하나 전투가 벌어지면 보호할 도리가 없다는 설명과 함께였다.

천애검협의 식견은 몹시도 정확한 것이었다.

천애검협이 있음에도 불구하고 현무당원들은 지금까지 도합 일곱 번의 전투를 치러야 했던 것이다.

운현자가 어두운 얼굴로 읊조렸다.

"물론 성도로 직진하는 길이 남아 있긴 하오만……."

"그건 좋은 방법이 아닐 것이오, 당주."

현무당원 중 최고참인 흑의창협 신여송이 고개를 저었다.

"성도로 가는 길은 드러나 있어 관측되기 쉽소. 아무리 방법이 없다 해도 그쪽을 선택하는 건 위험부담이 너무 크지. 차라리 청성산으로 가는 길을 다시 뚫어보는 것이 어떻겠소? 아직 길이 하나 남아 있지 않소이까?"

청성산으로 향하려던 시도는 지금까지 두 번 이루어졌다. 한 번은 소규모의 전투를 치른 끝에 걸음을 돌려야 했고 한 번은 시도하자마자 마인들을 만나는 바람에 실패했다.

물론 청성산으로 가는 길이 그 두 개만 있는 것은 아니었
다. 다만 혈마곡의 마인들에게 관측되기 쉽거나, 지나치게
험난한 길밖에 남지 않았으니 어느 쪽도 선택하지 못할 뿐
이다.
 마찬가지로 현무당원 중 하나인 질풍권사(疾風拳士) 이종
곽(李琮廓)이 그 점을 지적했다.
 "흑의창협께서 어디를 말씀하시는지는 알 것 같습니다만
그 길은 촉도(蜀道) 중에서도 특히 험난한 길이 아닙니까?"
 차라리 혈마곡의 마인들을 상대하고 말지 그 길로는 못
가겠다는 투였다. 선풍기협 기옥호(箕玉虎)가 첨언했다.
 "저도 질풍권사의 말에 동의합니다. 차라리 이쪽으로 가
는 것이 어떻겠습니까? 한때 녹림의 산채가 있던 곳인
데······."
 "녹림의 산채가 있었다는 말은 곧 그쪽으로 오가는 사람
이 많다는 뜻이기도 하지. 험난하다는 정보조차 알려지지
않은 드문 길이니 거기보다는 흑의창협께서 말씀하신 길이
나을 걸세. 만장단애 틈새에 두세 명이나 지나갈 법한 좁은
소로가 십 리나 이어져 있다는 점이 문제라 그렇지."
 무류검(無謬劍) 곽진(郭鎭)이 반박했다.
 그 뒤로도 몇 번의 주장과 반박이 이어졌으나 현무당원
들은 결국 합의점을 끌어내지 못했다.

잠시 뒤, 현무당주 운현자가 선언하듯 말했다.

"더 생각해 봐도 방법을 찾을 수가 없으니… 도박을 해볼 수밖에 없겠지."

현무당원 모두가 운현자를 돌아보았다.

운현자가 손끝으로 바닥에 대충 그린 지도를 짚었다.

"여기. 흑의창협께서 말씀하신 길로 가겠소."

잠시 머뭇거리던 현무당원들이 앓는 소리를 내며 고개를 끄덕였다. 반박하고 싶은 마음이 없는 것은 아니었으나, 두 달이나 청해 이곳저곳을 떠돈 지금이다. 포위망이 점점 좁혀져 오거니와 선택할 수 있는 길조차 몇 개 남지 않았으니 도박을 해볼 수밖에 없으리라.

"소로 끝에 동굴이 있으니, 소로를 지날 동안만 위험을 감수한다면 해볼 만할 거요. 워낙에 알려지지 않은 길이니 운이 좋다면 혈마곡을 피할 수 있을지도 모르지."

"당주의 뜻을 따르겠소이다."

누군가의 동의를 끝으로 무거운 침묵이 내려앉았다.

어디로 가도 사지나 다름없다는 걸 알고 있는데 어찌 함부로 입을 열 수 있겠는가?

그저 하늘이 무심치 않기만을 바랄 뿐이다.

그렇게 얼마나 지났을까.

현무당원 중 가장 어린 축에 속하는 유현승이 답답하다

는 듯 눈을 지그시 감으며 중얼거렸다.
 "성도와 청성, 아미로 간 사람들은 어찌 되었을까요?"
 "무사히 도착했기만을 바라야겠지."
 운현자가 한숨을 길게 토해내며 대답했다.
 모든 현무당원이 죽음을 각오하고 흑수촌에 진입하기로 결심한 것은 아니었다. 두려움을 이기지 못한 몇몇 무인은 미안하다는 말을 남기고 강호초출 장현우와 함께 떠났다.
 끝까지 싸우다 죽겠다며 남은 사람은 열두 명에 불과했다.
 피난길에 오른 지 두 달이 지난 지금, 현무당원은 아홉 명으로 줄어 있었다. 운현자가 세 명을 차출하여 당가가 있는 성도와 청성산, 아미산으로 보내었던 것이다.
 마인들에게 발각되는 순간 죽음을 맞게 될 터였지만, 그들은 한 점 두려움 없이 구원군을 불러오겠노라며 나섰다.
 그리고 지금까지 아무도 돌아오지 못했다.
 "이보게, 임가."
 잠시 뒤, 흑의창협 신여송이 분위기를 바꿔보려는 듯 조용히 앉아만 있는 현무당원 임종호에게 농을 건넸다.
 "자네는 정신을 어디에 놓고 있는가? 넋을 놓고 있는 것을 보니 안사람이라도 생각하는 모양이지?"
 "아, 죄송합니다. 문득 제 딸아이가 떠올라서요."

유현승과 동갑내기였던 임종호가 머쓱한 얼굴로 사죄하고는 슬며시 흑수촌의 백성들을 가리켰다.

흑수촌의 백성들은 각양각색의 가족들로 이루어져 있었다. 늙은 아버지와 어머니에 처자식까지 딸린 가장도 있었고, 노모와 단둘이 나선 노총각도 있었다.

가장 눈에 띄는 건 갓난아기를 안고 있는 젊은 부부였다.

산달이 다 되어 피난을 나섰다가 피난길에서 아기를 낳았으니 눈에 띄지 않을 리가 없는 것이다.

백성들이 이런저런 조언을 해주긴 했지만 워낙에 황망한 상황인지라 그들은 아이를 제대로 돌보지 못하고 있었다.

"쯧쯧, 아기는 저렇게 안는 게 아닌데."

"하, 이 사람 팔불출이었군. 난 그맘때 안사람에게 아이를 맡겨놓고 술이나 퍼마시러 다닌 것 같은데."

말은 그렇게 했지만 흑의창협 신여송도 두고 온 아내와 아들이 떠오르는 모양이었다. 흑의창협 신여송은 아기에게 자장가를 불러주는 젊은 부인을 보다가 눈을 지그시 감았다.

임종호가 씁쓸한 얼굴로 중얼거렸다.

"진 대협이 아니었으면 저 아기는 태어나지 못했겠지요?"

그 말에 현무당원 모두가 조용해졌다.

고립(孤立) 153

아무리 천애검협이라고 해도 방법이 없을 것이라 생각했었다. 흑수촌에 남아봐야 무의미한 죽음밖에 없을 것이라 여겨 백성들을 구하려는 시도조차 해보지 않고 떠났었다.

나중에 후회하고 돌아오긴 했으나 그땐 모든 일이 끝난 후였다. 정도의 무인임을 자처했는데, 하늘에 우러러 부끄러울 것이 없는 협객임을 자부했는데…….

"쯧!"

흑의창협 신여송이 공연히 혀를 찰 때였다.

멀찍이서 부스럭거리는 소리가 들리더니 어둠 속에서 천애검협 진소량이 모습을 드러냈다.

"이런, 진 대협!"

운현자가 자리에서 일어나며 미간을 찌푸렸다. 천애검협의 전신에는 피가 가득 묻어 있었던 것이다.

제갈영영이 빠르게 소량에게로 다가갔다.

"괜찮으신가요, 진 대협?"

"가까이 오지 마시오."

소량이 한 걸음 뒤로 물러났다. 살기가 잔뜩 묻어나는 지금이니 제갈영영을 가까이 할 수가 없다.

제갈영영이 어두운 얼굴로 걸음을 멈추었다.

"내 피가 아니니… 다가오지 마시오."

소량은 제갈영영에게서 시선을 떼어 현무당주 운현자를

돌아보았다. 백성들에게 피를 보여서 좋을 일이 없다고 생각했는지, 소량은 멀찍이 선 채로 운현자에게 말을 건넸다.

"오늘은 이곳에서 묵으시오, 운현 도장. 이 근처에는 마인들이 없는 듯하니 오늘 밤 정도는 안전할 거요."

"그리하겠소."

운현자가 무거운 얼굴로 고개를 끄덕였다.

소량은 백성들과 현무당원들을 한 차례 훑어보고는 다시 어둠 속으로 모습을 감추었다. 몸에 묻은 피가 익숙하게 느껴진다는 사실이 문득 괴롭게 느껴졌다.

2

은은하게 퍼진 구름 사이로 만월(滿月)이 모습을 드러냈다.

교교한 달빛이 어두컴컴한 산야를 가득 채우자 수풀과 나무들이 낮과는 다른 아름다움을 뽐냈다.

하지만 소량은 주위를 돌아보지 않았다. 그는 자신이 어디로 가는지도 모른 채 무작정 걸음만 옮기고 있었다.

'그만! 오늘만 해도 벌써 스무 명의 마인을 베어 넘겼어.'

현무당원들은 소량이 혈마곡의 추적을 교란시키기 위해

마인들을 일부러 찾아다닌다고 알고 있었지만 그것은 진실이 아니었다. 엄밀히 따지면 소량은 살인을 하러 나간 김에 멀리까지 나갔던 것에 불과했다.

지금도 소량은 일부러 삼십 리가 떨어진 곳을 찾아가 혈마곡의 마인들을 도륙하고 온 길이었다.

하지만 살인을 계속해도 태허일기공은 만족을 알지 못했다. 아니, 오히려 변화하는 속도가 점점 쾌속해지고 있었다.

예전에는 붉은 화염이 푸른 기운을 잡아먹는 데 반각의 시간이 걸렸다면 지금은 일다경도 걸리지 않는 식이었다.

'그만, 이제 그만……!'

자신이 어디로 가는지도 모른 채 작은 시냇물 속으로 첨벙첨벙 걸어가던 소량이 얼굴을 감싸 쥔 채 주저앉았다.

소량의 마음을 눈치챈 것일까? 태허일기공이 그렇다면 나 역시 내상을 치료하지 않겠다는 듯 멈춰 버렸다.

소량의 전신에 끔찍한 고통이 찾아왔다.

"크윽!"

환골탈태를 겪은 탓에 외상은 어느 정도나마 다스릴 수 있었지만 내상만큼은 소량도 치유할 수가 없었다.

그중에서도 두 가지 내상이 가장 컸다. 하나는 도마존의 도가 어깨를 스칠 때 파고든 경력이었고, 하나는 그가 죽기 직전 내뿜은 기운에 휘말렸을 때 입었던 내상이었다.
 단순히 그것만이라면 모르겠으나 거기에 더해 소량은 진원지기까지 일부 사용하고 말았다.
 소량의 상태는 점점 더 엉망이 되어가고 있었다.
 "후우, 후우—"
 통증을 참지 못하고 다시 태허일기공을 끌어올린 소량이 경계심 가득한 얼굴로 고개를 돌렸다. 혹시 태허일기공의 기척이 밖으로 새어 나간 것은 아닐까 걱정이 된 탓이었다.
 '아직은 들켜서는 안 된다.'
 지금으로부터 한 달 전쯤의 일이었다.
 어디선가 한줄기 섬뜩한 기운이 나타나 마치 도발하듯 존재감을 드러냈다. 기운만으로는 정확히 알 수 없었지만, 백 리가 넘는 거리를 격하여 존재감을 드러낼 정도니 도마존과 비슷한 수준의 무학을 가진 자이리라.
 '도마존을 죽인 것은 운에 불과해. 본래대로라면 죽어 있는 사람은 나였을 것이다. 내상까지 입은 지금, 도마존과 비견할 만한 마인을 만나게 된다면…….'
 자신은 물론, 흑수촌의 백성들도 몰살을 면치 못하리라.
 갑자기 지독한 혼란과 함께 분노가 찾아들었다.
 내상을 입었으나 태허일기공은 그것을 치료하는 대신 살인만 원할 뿐이다. 아니, 도마존과 비견할 만한 무인이 있으니 애초에 태허일기공조차 마음대로 일으킬 수 없다.
 이처럼 부조리한 상황이 어디 있단 말인가!
 '그만, 그만!'
 소량이 짜증 섞인 얼굴로 바닥을 내려치자 흙먼지 대신 물방울이 튀어올랐다. 뒤늦게 자신이 냇물에 몸을 담그고 있다는 것을 깨달은 소량이 물끄러미 수면을 바라보았다.
 상의에서 피가 번져 나가고 있었다.
 "여기에 계셨군요, 진 대협."
 그때, 소량의 뒤에서 제갈영영의 목소리가 들려왔다.
 그녀가 접근하고 있음을 이미 알고 있었던 소량이 뒤를 돌아보는 대신, 냇물에 손을 담그곤 피를 씻어내기 시작했다.
 "돌아가시오."
 소량의 말에도 제갈영영은 돌아가지 않았다.
 피로 물들어 버린 소량의 옷을 하염없이 바라보던 제갈영영이 길게 한숨을 내쉬며 몸을 돌렸다.
 "백성들에게 마의를 얻어오지요."
 "갈아입을 필요 없으니 그냥 돌아가시오."
 "잠시만 기다리시면 돼요."
 "갈아입어도 어차피 다시 피가 묻을 거요."

소량의 말에 제갈영영이 아랫입술을 깨물었다. 힘껏 치맛자락을 움켜쥔 제갈영영이 소량을 쏘아보았다.
"…흑수촌의 백성들은 현무당을 믿지 않아요."
"그렇겠지."
 소량이 비꼬는 듯한 어조로 중얼거렸다. 평소라면 절대로 하지 않았을 말투였으나 소량은 그것을 알아채지 못했다.
"그들은 현무당이 아니라 진 대협을 믿고 있어요. 진 대협이 보이지 않으면 불안해하고, 진 대협이 나타나면 안심하지요. 하지만 요즘 진 대협은 백성들에게 다가가지 않더군요. 진 대협께서 웃는 얼굴로 다가가면 백성들도 안심을……."
"웃으라고?"
 소량이 뒤를 돌아보며 비틀린 미소를 지어 보였다.
"이렇게 웃으면 되겠소, 제갈 소저?"
 스으으—
 소량에게서 살기가 피어오르자 제갈영영의 등골에 소름이 오싹 돋아 올랐다. 소량은 이를 악물며 살기를 억눌렀다.
"돌아가시오, 진 소저."
 소량은 고개를 숙이고는 다시 손을 씻기 시작했다.

제갈영영이 눈을 질끈 감았다. 지난 두 달간 수도 없이 천애검협을 찾았으나 결과는 지금과 같았다. 그는 항상 날카로운 어조로 돌아가라고 말할 뿐 주위에 사람을 두지 않았다.
 '틀림없는 입마경(入魔境)이야.'
 이제는 제갈영영도 소량의 상태를 알아챌 수 있었다.
 이른바 입마경, 청심을 잃어버리고 원망하고 증오할 대상을 찾아다니는 단계다. 거기서 한발만 더 나아간다면 마경에 드는데, 그쯤 되면 원망과 증오는 필요가 없어진다.
 누구든 죽여야 할 대상이 되고, 살인에서 기쁨을 찾게 된다.
 '나는 아무것도 할 수가 없구나, 아무것도.'
 안타깝게도 제갈영영은 입마경에서 벗어나는 방법을 알지 못했다. 지난 두 달 동안 그랬던 것처럼 그를 내버려 둔 채 돌아가는 수밖에는 없는 것이다.
 그렇게 걸어가자니 가슴 가득 답답함이 차오른다.
 '흑수촌의 백성들은 진 대협을 숨겨주었다고 했지.'
 살아남은 흑수촌의 백성들은 제갈영영에게 간략하게나마 그간의 사정을 설명해 주었다.
 촌장이 늙어 죽으면 쓰려고 했던 관에 소량을 넣어 숨긴

이야기부터 집 안에 숨어 바들바들 떨고 있을 때 들었던, '나오지 않으면 백성들을 한 명씩 죽이겠다'는 섬뜩한 엄포까지.

제갈영영의 마음속에 한줄기 격랑이 몰아쳤다.

'사람들이 죽어가는 소리를 들으며 천애검협은 무슨 생각을 했을까? 얼마나 많이 슬퍼하고 얼마나 많이 분노했을까? 그때 그의 곁에는 아무도 없었고……'

지금도 그의 곁에는 아무도 없다.

그 사실을 깨달은 제갈영영이 소량에게로 몸을 돌렸다. 갑자기 눈물이 왈칵 쏟아질 것 같았다. 연민과 안타까움, 뜻 모를 그리움 같은 것이 제갈영영의 마음을 가득 채웠다.

이대로 그를 가만히 내버려 두면 안 될 것만 같았다.

"이제 그만 받아들여요, 진 대협."

제갈영영이 소량에게로 한 걸음씩 다가가기 시작했다. 처음엔 느리던 걸음이 냇가에 이르자 빠르게 바뀐다.

제갈영영의 말투도 점점 거칠어지고 있었다.

"슬프겠지만, 많이 슬프겠지만 이제 그만 받아들여요!"

"돌아가시오, 제갈 소저."

"그렇게 혼자 서 있지 말아요! 촌장 아저씨가 죽은 것도, 염씨 아주머니와 종리 아저씨가 죽은 것도……!"

소량의 눈과 마주친 제갈영영이 저도 모르게 걸음을 멈추었다. 소량의 살기가 이전과는 비교할 수 없이 커진 것이다.

"그 입, 다무는 게 좋을 거요."

소량이 이를 드러내며 경고했다.

제갈영영은 물러나는 대신 한 걸음을 더 내딛었다.

"능소 아저씨가 죽은 것도 이제 그만 받아들여요."

"난 닥치라고 했소."

"그건 진 대협의 잘못이 아니에요."

소량은 더 이상 살기를 억제하지 못하였다.

콰콰콰—!

소량이 기세를 일으키자 작은 시냇물이 폭풍이라도 만난 것처럼 요동치기 시작했다. 지진이 난 것도 아닌데 땅이 울리더니, 흙먼지와 물방울이 사방으로 비산했다.

흙먼지가 마치 암기처럼 날아와 제갈영영의 피부를 할퀴었다. 궁의경장이 찢어지고 그 안에서 피가 튀었다.

"소저가 도대체 뭘 안다고 그렇게 말하는 거지?"

제갈영영이 눈을 질끈 감고 고함을 질렀다.

"진 대협은 끝까지 백성들을 지켰잖아요! 도망친 건 진 대협이 아니라 현무당……."

"현무당? 그래, 그들은 도망쳤지."

소량이 날카롭기 짝이 없는 어조로 말했다.

현무당은 한 점의 망설임도 없이 도망쳤다. 그들이 있었다면 한 명이라도 더 구할 수 있었을지도 모르는데, 한 명이라도 죽음을 피할 수 있었을지도 모르는데!

태허일기공이 그들을 원망하고 증오하라는 듯 요동쳤다.

"더 웃긴 게 뭔지 아시오?"

소량의 입가에 싸늘한 미소가 맺혔다.

"그들을 보내준 것은 다름 아닌 나란 사실이지."

소량은 무림맹에 속해 있지도 않았고, 그들에게 명령이나 조언을 할 수 있는 위치에 있지도 않았다. 현무당을 그냥 보내주었다는 말보다 잡을 수 없었다는 말이 옳으리라.

"만약 내가 그들을 힘으로 잡았더라면 어땠을까?"

살기가 일으킨 폭풍을 뚫는 것이 점점 더 어려워졌다.

제갈영영이 양손으로 얼굴을 가리며 고함을 질렀다.

"그들은 승산이 없는 싸움이라고 생각했고, 만약 진 대협이 힘으로 잡았어도 그 생각은 바뀌지 않았을 거예요! 그 당시 진 대협이 할 수 있는 일은 없었다고요!"

마침내 흙먼지나 물방울, 부러진 나뭇가지들이 사라졌다.

제갈영영은 살기의 진원지, 즉 소량의 앞에 당도한 것이다. 이제는 좀 안심해도 될 법하거늘, 그녀는 오히려 떨어져 있을 때보다 더한 공포를 느껴야 했다.

소량이 얼음장 같은 얼굴로 혼잣말을 되뇌고 있었다.

"혹시 난 혼자 어떻게든 할 수 있을 것이라고 생각했던 것이 아닐까? 스스로의 무학을 믿고 오만하게 군 것이 아닐까? 그 결과가 어떻게 됐는지 보시오! 내가 지키겠다고 결심했던 이들이 오히려 나를 구하려다……!"

소량이 말을 맺지 못하고 얼굴을 구겼다.

제갈영영이 대뜸 소량의 품 안으로 파고든 것이다.

"진 대협은, 진 대협은 슬픈 것뿐이에요! 차라리 오열해요, 차라리 통곡해요! 더 이상 스스로를 원망하지 말아요!"

소량이 고개를 숙여 제갈영영의 머리를 내려다보았다. 살기를 머금은 태허일기공이 어서 빨리 그녀를 죽이라고 종용했다. 소량이 그녀의 천령개로 손을 들어 올렸다.

제갈영영은 자신이 죽음의 문턱 앞에 서 있다는 것을 알지 못했다. 그녀는 소량의 품에 얼굴을 묻고 고함을 질렀다.

"하선(河仙)이나 다름없었던 능소 아저씨도 그걸 바랄 거예요! 다시 예전처럼, 능소처럼 웃으라구요!"

불현듯 소량의 머릿속에 능소의 환한 미소가 떠올랐다.

햇살이 밝으면 일하고 비가 내리면 비를 피하여 오직 천지간의 흐름에 순응하던 사람, 그가 짓던 순박한 미소.

그로 인해 얻을 수 있었던 순응(順應)의 검(劍)!

쿠웅—

그 순간, 소량의 머릿속에 충돌이 일어났다. 순응의 검을 떠올리자 팔 할가량 변해 버린 태허일기공이 주춤한 것이다. 푸른 기운이 지금이 기회라는 듯 속도를 올렸다.

그 덕택에 소량은 가까스로 살기를 억누를 수 있었다.

"제갈 소저."

천령개로 다가간 소량의 손은 그녀의 머리를 박살 내는 대신, 부드럽게 그녀의 머리를 쓰다듬었다.

"두 달이면 됐어요. 난 절대 물러나지 않을 거야."

일순간 몸을 움찔했던 제갈영영이 소량을 껴안은 손에 힘을 주었다. 혹여 소량이 자신을 뿌리칠까 걱정이 된 것이다.

"이제 쓸쓸하게 혼자 있지 말아요."

소량이 한 번 더 그녀의 머리를 쓰다듬고는 안심하라는 듯이 어깨를 움켜쥐고 천천히 그녀를 떼어내었다.

제갈영영이 고개를 빼꼼 들어 올렸다.

소량의 따듯한 시선과 마주친 제갈영영의 눈에 눈물이 한가득 고였다. 제갈영영은 눈물을 참으려 애쓰며 나무 조각을 움켜쥔 손으로 눈가를 가렸다.

소량은 그녀의 손에 들린 것을 보고는 눈을 지그시 감았다.

언젠가 자신이 깎아주었던 노리개였다.

"미안하오, 제갈 소저. 내가 미안하오."

소량이 부드러운 목소리로 읊조렸다.

물론, 제갈영영의 말 몇 마디가 소량의 살기를 다스린 것은 아니었다. 그녀는 그저 두 달 만에 소량에게 접근하는 데 성공했을 뿐이고, 소량의 분노를 면할 수 있었을 뿐이다.

하지만 그녀가 소량의 마음에 작은 변화를 남겨둔 것은 분명한 사실이었다. 그녀에게 살기를 품지 않을 수 있었으니, 언젠가는 다른 이에게도 살기를 품지 않을 수 있을 것이다.

"영 누이[妹]라고 부르겠다고 하지 않았어요?"

제갈영영이 일부러 장난스러운 체하며 중얼거렸다.

소량은 따뜻한 표정으로 고개를 끄덕였다.

"앞으로는 영 누이라 부르리다. 옷도 갈아입겠소."

제갈영영이 대답 대신 연신 고개를 주억거렸다.

"…다만 어떻게 웃어야 할지는 모르겠구려."

소량이 고민 섞인 어조로 말하자 제갈영영이 입을 다물

었다. 소량이 마치 연습하듯 일그러진 얼굴로 웃어 보이자 제갈영영의 눈에서 그토록 참아왔던 눈물이 흘러내렸다.

 마치 소량 대신 눈물을 흘리는 것처럼.

第六章
습격(襲擊)

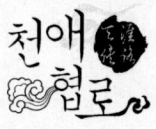

1

 제갈영영에게 한바탕 살기를 쏟아낸 소량은 곧바로 출발을 결정했다. 잠시 이성을 잃어 태허일기공의 흔적을 드러내고 말았으니 언제 혈마곡의 추적을 당할지 모르는 것이다.
 결국 현무당원들과 흑수촌의 백성들은 한잠도 자지 못하고 여정에 나서야 했다. 약간은 제멋대로 군 셈이었으나 소량이 어떤 사람인지 알기에 그를 탓하는 백성은 없었다.
 며칠이 지나자 현무당원들과 흑수촌의 백성들은 기암괴

석이 솟아 있는 돌산에 접어들었다. 돌산을 지나면 침엽수가 자라난 산야에 당도하는데, 그곳이 바로 일차 목적지였다.

산야를 지나면 두부를 세워놓은 것처럼 반듯한 절벽을 만나게 된다. 절벽의 틈으로 난 좁은 소로만 지나면 사천이니, 그곳을 지나면 한결 안심할 수 있을 것이다.

소량이 제갈영영에게 살기를 쏟아낸 날로부터 보름 후.

현무당원들과 흑수촌의 백성들은 한창 침엽수가 자라난 산야를 지나고 있었다. 제대로 먹지도 못한 백성들은 초췌한 몰골로 힘겹게 걸음을 걷다가 견디지 못해 주저앉곤 했다.

운현자는 정오를 한참 넘긴 후에야 휴식을 선언했다.

"반 시진 정도 휴식하겠소."

여기저기서 신음성이 들려왔다. 목숨이 경각에 달린 것은 아는지 불평하는 사람은 없었지만 고통은 참을 수가 없는 모양이었다. 흑수촌민들과 다르게 현무당원들은 억지로나마 기운을 내어 먹을거리를 찾아 사방으로 흩어졌다.

'역시 보급이 가장 큰 문제로군.'

서른 세 명이나 되는 흑수촌민에 현무당원 아홉 명, 제갈영영과 천애검협까지 마흔 네 명이나 되는 대인원이다.

일행이 하루에 소비하는 음식의 양은 결코 적지 않았다.
 흑수촌민들이 챙겨왔던 먹을거리는 떨어진 지 오래였고, 지금은 산에서 먹을거리를 구해 먹는 실정이었다.
 현무당원들은 그나마도 흑수촌민에게 대부분을 양보했다.
 그 모습에 흑수촌민들도 조금씩 마음을 열기 시작했다.
 "잘 자라는군."
 선풍기협 기옥호가 피난길에서 태어난 아기를 바라보며 헛웃음을 지었다. 현무당원들은 물론, 흑수촌민들조차 남달리 아기를 신경 쓰고 있었다. 죽음이 목전이 이른 상황에 태어난 생명이니 기이한 면이 있기는 했다.
 선풍기협의 옆에 있던 무류검 곽진이 쓴웃음을 지었다.
 "잘 자라야지. 아기에게는 그게 일이야. 다만 아기를 먹여야 할 어미가 먹는 것이 부실하니 그게 걱정인데……."
 "아, 제가 가져온 것이 있습니다. 이거 받게."
 현무당원 중 가장 젊은 축에 속하는 임종호가 소년 태를 못 벗은 앳된 청년에게 버섯 조각을 내밀었다.
 "자네 먹지 말고 꼭 안사람 먹여야 해."
 "그렇게 말씀하시면 제가 다 먹는 것 같지 않습니까? 저도 아이에게 양보하고 굶은 지 오래라고요."
 임종호가 익숙한 모양인지, 청년이 농담을 건넸다.

청년의 이름은 곽삼(郭三)으로, 산달이 다 된 아내와 피난을 나섰다가 피난길에서 아들을 본 사람이었다.

돌림병으로 위의 형 두 명과 부모를 잃었기에 곽삼은 제 아내와 자식만큼은 끔찍이 챙겼다.

"이건 네 몫이 아니라 아기 몫이니 너도 전부 아기에게 줘야 해. 그러니까 젖을 통해서 말이야……."

"당신도 참!"

곽삼의 아내인 장예화가 다급히 말을 막았다.

외간 남자들이 한두 명이 아닌데 젖이니 뭐니 하는 이야기가 나오니 민망하기 짝이 없는 것이다.

곽삼이 피식 웃으며 몸을 일으켰다.

아무리 피난길에 익숙해졌다지만 아무리 그래도 농담 따먹기를 할 정도는 아니다. 지금은 깡마른 아내가 너무 불안해하기에 억지로 농담을 건넨 것에 불과했다.

곽삼이 어두운 얼굴로 머리를 조아렸다.

"언제나 고맙습니다, 임 협사님."

"형님이라고 부르라고 하지 않았나."

현무당원 임종호가 곽삼의 어깨를 두드려 주었다.

일찌감치 혼인해 얼마 전 득녀(得女)한 임종호는 유난히 갓난아기가 눈에 밟히는 모양이었다. 아마 아기의 모습에서 두고 온 딸아이를 떠올리는 것이리라.

"자네도 많이 힘들 텐데, 조금만 참게."

임종호가 그렇게 말할 때였다.

"힘들긴? 지금은 그래도 나은 편이지. 사내아이이니 조금만 더 자라도 온갖 말썽을 다 부릴 걸세. 임가 자네처럼 계집아이를 둔 사람은 그런 고뇌를 평생 모르겠지."

문득 뒤편에서 지친 목소리가 들려왔다. 흑의창협 신여송이 뒷짐을 지고서 느릿하게 다가오고 있었던 것이다.

임종호가 목례하자 흑의창협이 손사래를 쳤다.

"됐네. 매일 보는 얼굴, 뭐 좋다고 인사인가. 이거나 받게."

흑의창협이 뒷짐 진 손을 돌려 임종호와 곽삼에게 나뭇잎 뭉치를 건넸다. 나뭇잎을 벗겨 본 임종호가 눈을 빛냈다.

"뱀을 구운 것입니까?"

"그래. 독사는 아니니 걱정 말게. 곽가라 했던가? 자네는 어서 안사람에게 가져다주게. 안사람도 안사람이지만 아기에게 좋을 거야. 자네도 아들이 부리는 말썽은 겪어봐야지."

"고맙습니다, 고맙습니다!"

귀한 고기에 반색한 곽삼이 몇 번이나 머리를 조아렸다.

"고마울 것 없네. 훗날 아이가 말썽을 부리면 왜 저놈을 잘 먹였나, 기운만 세지게… 하고 후회할지도 몰라. 어쩌면 저기 저놈처럼 창잡이가 되겠다고 설칠지도 모르지."

흑의창협이 왼편을 가리키며 껄껄 웃음을 터뜨렸다.

그곳에는 열네 살이나 되었음 직한 소년이 나뭇가지를 장창처럼 들고 열심히 휘두르고 있었다.

소년의 이름은 소영방이라 했는데, 조부모와 부모, 네 남매로 이루어진 가족의 장남이었다.

장남답게 남다른 책임감을 가진 소영방은 한 달 전 대뜸 흑의창협을 찾아와 무학을 가르쳐 달라고 졸랐다. 여차할 경우에는 자신이 직접 가족들을 지키고 싶다는 이유에서였다.

사정도 여건도 안 되지만, 그 열의가 가상해 흑의창협은 틈이 날 때마다 한두 수씩 무학을 전수해 주는 중이었다.

"그러고 보니 신 대협의 아들이 저 나이 또래였지요?"

"영 말썽쟁이야. 열한 살 때부터 술을 먹고 주정을 하질 않나, 학문도 무학도 좀체 익히려 들지 않으니… 쯧!"

흑의창협 신여송이 혀를 끌끌 차더니 턱짓을 해 보였다.

"그런데 자네는 뭐하나? 먹게."

"예?"

뱀 고기를 움켜만 쥐고 있던 임종호가 의아한 듯 되물었다.

"숨겨뒀다 곽 부인에게 주려는 모양인데, 안 될 말일세. 자네도 먹어야 살지 않겠는가. 여기서 먹게."

흑의창협이 어서 먹으라고 종용했지만, 임종호는 머쓱한 표정만 지을 뿐 고기를 입가로 가져가지 않았다.

흑의창협이 눈을 지그시 감았다.

"이해하네. 딸아이가 떠오를수록 죄책감이 더 커지겠지."

정곡을 찔린 임종호가 눈을 지그시 감았다.

무림맹의 무인으로서 녹봉을 받은 주제에, 정작 백성들이 위기에 처했을 때는 도망을 치고 말았다. 살기 위해 외면하려 했던 사람들을 가까이 두자 죄책감이 한층 더 심해졌다.

"하지만 자네는 무인이야, 산지기가 아니라. 먹을 것만 찾아 헤매지 말고 훗날 있을 전투를 대비하게. 자네도 나도 용맹하게 싸우는 것으로 죄책감을 씻도록 하세나. 그리고… 자네도 살아서 딸아이 얼굴을 봐야 할 것 아닌가. 제대로 먹지 못하면 적을 만나자마자 저승 문턱을 두드리고 말 걸세."

말을 마친 흑의창협 신여송이 무심한 얼굴로 시선을 돌렸다. 종리율이 제갈영영이 내민 음식을 거절하고 있었다.

흑수촌에서 가족을 잃지 않은 사람들은 어느 정도라도 마음을 열었으나 가족을 잃은 사람들은 여전히 현무당원들을 경계하고 있었던 것이다.

"……."

마음이 무거워진 흑의창협이 눈을 지그시 감았다.

잠시 뒤, 결심을 굳힌 임종호가 뱀 고기를 입가로 가져갔다. 흑의창협은 슬며시 눈을 뜨고 그 모습을 바라보다가, 흡족하게 미소를 지으며 기지개를 켰다.

"웃차, 저기 질풍권사께서 오시는군. 흙투성이인 걸 보니 고생이 많았나 봐. 가서 하소연이나 들어줘야겠네."

질풍권사 이종곽에게는 다른 현무당원들에겐 없는 특별한 재주가 하나 있는데, 다름 아닌 추종술이 바로 그것이었다.

거창한 별호에 비해 무학이 부족한 이종곽이 현무당에 들 수 있었던 이유 역시 추종술 덕분이라 할 수 있다.

지난 두 달 동안, 이종곽은 일행이 이동할 때마다 후미에 남아 흔적을 지웠다. '아무리 청해가 넓다 하나 한 달 이상은 숨지 못할 것'이라고 근심했던 것과 달리, 그는 지금까지도 무사히 임무를 수행하고 있었다.

"이보게, 질풍권사. 별호를 루고(螻蛄:땅강아지)권사로 바꾸게. 내 자네처럼 흙을 잘 만지는 사람은 처음이야."

"아무리 흙을 잘 다뤄도 이곳은 어렵군요. 사방이 탁 트여 있으니 발자국 몇 개 지운다고 될 일이 아닙니다."

엉망인 몰골로 다가오던 이종곽이 한숨을 길게 토해냈다.

흑의창협은 이종곽의 어깨를 두드리며 무어라고 독려하기 시작했다. 현무당원 중 최연장자답게 흑의창협은 일행의 맏형 노릇을 톡톡히 해내고 있었다.

뱀 고기를 다 먹은 임종호는 감사의 염을 담은 눈으로 흑의창협의 등을 바라보다가, 침엽수 두 그루가 마주보는 곳으로 시선을 돌렸다. 침엽수 아래로 작은 바위가 있었는데, 현무당주 운현자는 그곳에서 휴식을 취하고 있었다.

'당주도 고민이 이만저만이 아니겠지.'

운현자를 떠올린 임종호가 괜스레 고개를 저었다.

그의 예상대로 운현자의 고민은 한두 가지가 아니었다.

먹을거리가 떨어져 가고 있으니 앞으로 어찌해야 할지 모르겠다. 사위가 노출된 곳에 있다는 것도 신경을 자극했다.

지금까지는 혈마곡의 추적을 운 좋게 피할 수 있었지만 앞으로는 그러기 어려울 것이라는 소량의 경고를 떠올린 운현자가 주먹을 움켜쥐었다.

"저들 중에 괴물이 있소. 삼천존과 비견할 만한 괴물이."

소량의 불길한 경고가 귓가를 맴돌았다.
운현자가 불안한 얼굴로 눈을 질끈 감았다.
"으음."
침엽수 두 그루가 자라난 귀퉁이에서 어린 계집아이 하나가 모습을 드러냈다. 계집아이의 품에는 꽃이 한 아름 안겨 있었는데, 쪼그려 앉아 꽃을 꺾고 있었던 모양이었다.
계집아이는 다름 아닌 종리혜였다.
힘들면 엄마의 품에, 그보다 덜 힘들면 큰언니의 품에 안겨서 이동했기에 종리혜는 그나마 덜 지친 상태였다.
아니, 많이 지친 상태였어도 꽃을 꺾으러 다녔을지도 모르겠다. 아버지의 사랑을 많이 받고 자라서인지, 아니면 뭘 몰라서 그러는지 종리혜는 피난길에서도 기가 죽지 않았다.
'아이는 아이로구나. 이 상황에서 꽃이라니······.'

꼬물꼬물 꽃을 꺾던 종리혜가 운현자를 발견하고는 새파 랗게 질린 얼굴로 멈추었다. 도망칠 법도 하건만, 종리혜는 운현자의 눈치를 살피며 머뭇거릴 뿐 달음박질치지 않았 다.

운현자의 시선이 종리혜를 쫓아 움직였다.

자신의 오른쪽 옆에 꽃 한 송이가 피어 있는 것을 발견한 운현자가 쓴웃음을 지으며 두어 걸음을 비켜주었다.

종리혜가 무서운 짐승을 보는 듯한 표정으로 조심스레 다가오더니, 쪼그려 앉아 꽃을 꺾기 시작했다.

"무슨 꽃이더냐?"

운현자가 질문하자 종리혜가 화들짝 놀라 눈을 휘둥그레 떴다. 당황하기는 운현자도 마찬가지였다.

어린 제자가 들어와도 머리 한 번 쓰다듬어 준 적 없는 운현자였다. 겁을 먹은 아이를 달래본 적이 한 번도 없었던 까닭에 운현자는 미소만 겨우 지을 뿐 다른 행동을 하지 못 했다.

하지만 진심은 통하는 법인가 보다. 경계하던 종리혜가 안도한 표정을 짓더니, 꽃무더기에서 노란 중앙에 분홍빛 꽃잎을 단 작은 꽃 한 송이를 떼어 운현자에게 건넸다.

종리혜 나름대로의 감사 표시인 것이다.

"마채화(馬菜花)예요."

저도 모르게 움찔했던 운현자가 손을 내밀었다.
 종리혜가 운현자의 큼지막한 손 위에 꽃 한 송이를 올려놓았다. 종리혜의 손에는 그럭저럭 어울리는 크기였지만, 운현자의 손과는 전혀 어울리지 않는 작은 꽃이었다.
 "고맙구나."
 운현자가 무심한 얼굴로 대답하자 종리혜가 부끄러운지 끌어안은 꽃무더기로 얼굴을 가리고는 달음박질쳤다.
 '천애검협은 항상 백성들과 어울렸었지.'
 운현자는 한참 동안이나 꽃을 얹은 채 움직이지 않았다. 문득 백성들과 고기 한 점을 나눠먹던 천애검협이 떠올랐다.

2

 흑수촌의 백성들이 그렇게 짧은 휴식을 취할 때였다.
 소량은 그들로부터 십여 리 떨어진 곳에 홀로 서 있었다.
 어디선가 쓸쓸한 바람이 한 점 불어와 소량의 옷깃을 희롱했다. 침엽수가 드문드문 자라났을 뿐, 허허벌판이나 다름없는 곳인지라 더욱 쓸쓸하게 느껴지는 바람이었다.
 "하아, 하아―"

소량은 끊임없이 솟구치는 통증을 참으려 애를 썼다. 요양을 해도 모자랄 지경인데 일부러 적을 찾아다니기까지 했으니, 내상이 회복이 되었다면 그게 더 이상한 일일 것이다.

통증을 참다 보니 문득 무창의 집이 떠올랐다.

동생들의 웃는 얼굴도 함께였다.

'아우들아, 너희는 잘 지내고 있느냐?'

승조를 떠올린 소량이 희미하게 미소를 지었다. 막내 유선은 창천존 도 노사에게 맡겨두었고, 다른 동생들은 영악하기 짝이 없는 승조에게 맡겨두었으니 아마 무사할 것이다.

'할머니는 무사하신가요?'

지금처럼 겨우 살기를 억눌렀을 때면 그리움이 그 자리를 대신 차지하곤 했다. 할머니를 생각하면 더더욱 그랬다. 그녀는 무사할까, 아니면 자신처럼 어느 벌판을 헤매고 있을까.

'훗날 듣기를, 할머니도 혈마곡의 손에 헛되이 죽은 아기를 보신 적이 있다고 했습니다.'

할머니는 아기의 시신을 부둥켜안고 미안하다 외치며 '천하의 모든 아이를 내 아이처럼 여기겠다'고 선언했다고 한다. 그 일화를 떠올리자 소량의 상념이 흑수촌으로 이어졌다.

'흑수촌… 빌어먹을!'

소량은 거칠게 숨을 몰아쉬며 주위를 둘러보았다.

"후우—"

소량 주변은 온통 피바다였다.

마인들을 찾아 헤맸던 이전과 달리 이번엔 서른 두 명의 마인이 먼저 소량을 습격했다. 마인들의 습격은 어렵지 않게 물리칠 수 있었으나 안도감 따위는 전혀 들지 않았다.

혈마곡이 마침내 추적에 성공한 것이다.

생각해 보면 지금까지 발각이 안 된 것이 기적이라 할 만했다. 아무리 운이 좋아도 무학을 모르는 사람 서른여 명을 데리고 떠도는데 어찌 들키지 않을 수 있으랴.

지금까지 일행이 무탈했던 것은 혈마곡이 흑수촌의 백성들을 중요시 여기지 않았기 때문이었다. 그들 역시 중원의 무림인들처럼 천애검협이 홀로 혈마곡의 진격을 막아내고 있다고 여겼기에 한낱 백성들을 노리지는 않았던 것이다.

안타까운 것은 그 착각이 두 달을 넘지 못했다는 점이었다.

두 달이 거의 다 되었을 무렵, 혈마곡은 소량이 진격을 막아내기 위해 동분서주하는 것이 아니라 교란작전을 펼치고 있다는 것을 알아차렸다.

천애검협이 흑수촌의 백성들을 보호하고 있음을 깨달은 혈마곡은 곧바로 추적을 시작했고, 그들이 작정하고 나선 이상 소량과 현무당원들이 보름 이상을 숨을 수 없었다.

만약 마인들이 들이닥치면 어떻게 될까?

아무리 소량이라 해도 사방에서 밀려드는 적을 모두 잡아두지는 못한다. 한두 명은 놓쳐도 현무당이 막아내겠지만, 오십 이상 놓치게 되면 그들로서도 어쩔 도리가 없을 것이다.

흑수촌의 백성들은 전멸을 면치 못하리라.

그것도 몇 시진 안에…….

'출발해야 해. 당장, 지금 당장!'

다급해진 소량이 백성들에게로 돌아가려 할 때였다.

도대체 몇 명이나 온 것일까!

땅이 한바탕 울리는가 싶더니 언덕 너머에서 먼지 구름이 뿌옇게 피어났다. 수많은 발걸음 소리도 함께였다.

소량의 안색이 조금씩 창백해져 갔다.

마인들의 숫자가 예상 밖으로 많기 때문은 아니었다. 지난 두 달간 소량을 도발하다가 얼마 전엔가 사라져 버린 기운이 흙먼지 너머에서 다시금 존재감을 드러냈기 때문이었다.

"어떻게 벌써……."

소량이 이를 악물며 중얼거렸다.

잠시 뒤, 침착함을 되찾은 소량이 태허일기공의 흔적을 지워 나갔다. 내부로 가둔 태허일기공의 기운을 용천혈로 보내자 소량의 신형이 마치 구름이라도 밟는 듯 가벼워졌다.

곧이어 소량의 신형이 쏘아 보낸 화살처럼 빠르게 쇄도했다. 그리 오래 지나지 않아 소량은 출발을 준비하는 흑수촌민과 현무당원들의 앞에 당도할 수 있었다.

"천애검협."

소량을 발견한 흑의창협이 양손을 모아 장읍했다.

나이야 흑의창협이 훨씬 많지만 배분은 도천존의 제자인 천애검협이 더 높다. 무학도 무학이거니와, 그 인품을 직접 겪어본 터라 고까운 마음이라고는 조금도 들지 않았다.

"운현 도장!"

소량이 대꾸도 없이 다급히 운현자에게로 다가갔다.

운현자가 심각한 얼굴로 소량을 바라보았다.

"당장 전속력으로 청해를 탈출하시오. 지금 당장!"

"시작된 거요?"

소량이 고개를 끄덕이자 현무당원들의 표정이 굳어졌다.

천애검협이 무어라 경고했던가!

혈마곡의 마인 중에 괴물이 있다고 했다.

백여 리를 격하여 기운을 드러낼 수 있는 마인이자, 삼천존의 경지에 근접한 마인.

흑의창협이 다급히 질문을 던졌다.

"혹시 포위된 것이오?"

소량이 고개를 절레절레 저었다.

흑의창협이 운현자에게로 시선을 돌렸다.

"그럼 사로(死路)는 아닌 셈이오, 당주."

눈을 질끈 감았다 뜬 운현자가 백성들을 돌아보았다.

"모두 출발을 준비하시오! 지금 당장! 지금 당장 출발해야 하오! 운송, 제갈 소저. 선봉을 맡으시오!"

백성들에게 크게 외친 운현자가 현무당원들을 흘끔 돌아보고는 가장 무위가 약한 세 명을 골라내었다.

"질풍권사, 더 이상 흔적을 지울 필요 없소. 유현승, 임종호! 질풍권사와 함께 중앙에서 백성들을 호위하시오. 나머지는 후미를 맡겠소! 백성들을 보호하되, 걸음이 뒤처진 백성이 있다면 차라리 안고 달리셔야 할 것이오!"

"명을 따르겠소이다!"

현무당원들이 하나같이 무거운 어조로 외쳤다.

운현자는 백성들에게 다가가 '무거운 짐은 다 버리라'고 종용했다. 백성들이 애지중지하던 귀중품마저 버리고 최소한도의 짐만 챙겼음을 확인한 운현자는 바로 출발을 명령했다.

하지만 일행의 속도는 느리기만 했다.

무작정 달리게 할까 고민을 해보았지만, 한순간에 전력을 쏟아내고 지쳐 버리면 오히려 아니 달린 것만 못하니 지금으로서는 최대한 빠르게나마 걸음을 걸을 수밖에 없다.

흑수촌의 백성들이 다급히 이동하는 것을 바라보던 소량이 길게 숨을 골라 호흡을 진정시키고는 그 자리에 좌정했다.

머릿속에는 한 가지 생각밖에 없었다.

'순응의 검.'

소량은 도마존의 무위가 자신보다 우위에 있다는 것을 부정하지 못했다. 그를 죽일 수 있었던 것은 천운, 본래대로라면 죽은 사람은 도마존이 아니라 자신이었을 것이다.

하물며 극심한 내상을 입은 지금은 어떻겠는가?

일합에 목숨을 빼앗기지나 않으면 다행인 일이다.

'순응의 검을 얻지 못하면 모두 죽는다.'

도마존이 새로운 것을 보여주지 않으면 흑수촌의 백성 전부를 죽이겠다고 협박했을 때, 소량은 단 한 번이나마 순응의 검을 펼쳐낸 적이 있었다.

천지교유(天地交遊)의 경지에 이르면 자신의 기운뿐만이 아니라 천지의 기운과 노닐 수 있게 된다. 천지간의 흐름을 알게 되고, 거기에 순응하는 법도 알게 된다.

그것을 얻어야만 생존을 도모해 볼 수 있게 된다.

'무엇보다 살기를 먼저 다스려야 해.'

소량은 또다시 백척간두(百尺竿頭)에 서게 된 셈이었다.

하지만 얻고자 하면 얻지 못하고 얻고자 하는 욕심을 버리면 비로소 얻을 수 있게 된다던가?

순응의 검을 얻고자 할수록 소량은 초조함을 느꼈다. 야수처럼 변해 버린 태허일기공이 참지 말라는 듯 으르렁거렸다.

그렇게 얼마나 지났을까.

쐐애액―!

어디선가 바람을 찢는 소리가 들리더니 소량의 앞에 굵디굵은 철시가 박혔다. 얼마나 강한 경력이 실린 건지 철시는 한참 동안 진동을 멈추지 않았다.

소량이 천천히 감았던 눈을 떴다.

처음의 소량의 눈동자는 예전처럼 검고 현현했다. 하지만 오십여 장 안으로 다가온 혈마곡의 마인들을 발견한 순간, 소량의 눈이 섬뜩한 살기를 머금은 눈으로 바뀌었다.

"혈마곡."

입가에 섬뜩한 미소가 어리는 것과 동시에, 소량이 옆에 놓아두었던 검을 움켜쥐며 자리에서 일어났다.

"검신(劍神)! 검신이다!"

혈마곡의 마인들 틈에서 공포에 질린 음성이 터져 나왔다.

흑수촌의 참상을 목도한 혈마곡의 마인들은 새삼스레 태허일기공의 전인에 대한 공포를 느꼈다. 시신들이 산을 이루고 피가 바다를 이룬 것을 보았는데 어찌 두렵지 않으랴!

이제 더 이상 천애검협을 소검신이라 부를 수 없다.

그는 이미 검신이라는 이름에 손색이 없는 것이다.

"피해! 음마존(陰魔尊)께서 오실 때까지······."

마인들 중 누군가가 그렇게 외칠 때였다.

"허, 헉?!"

소량이 한때 무림맹에서 했던 것처럼 기세를 가득 끌어올려 마인들을 짓눌렀다. 마인들 중에는 검기를 이룬 자들이 부지기수로 많았으나 소량의 기세를 이겨내지는 못했다.

부들부들 떨던 마인들이 마치 부복하듯 엎드렸다.

"으, 으으윽!"

물론 무위가 고강한 마인들은 달랐다.

소량의 기세 속에서도 움직였던 모용세가의 장로들처럼 그들은 소량의 기세를 이겨내고 신형을 날리는 중이었다.

흑수촌의 마인들이 그랬던 것처럼, 그들은 소량을 넘어 흑수촌의 백성들을 먼저 죽이려 들었다.

천애검협은 협객이니 백성들의 죽음을 보면 동요할지도 모른다. 아니, 애초부터 천애검협을 상대하는 것은 자신들의 일이 아니었다. 천애검협은 음마존이 아니면 상대할 수 없다.

"크하하! 천애검협도 어쩔 수 없군!"

소량을 스쳐 지나가는데 성공했다고 여긴 어느 마인이 크게 웃음을 터뜨렸다. 그 순간, 소량의 검이 빛살처럼 움직이더니 천지사방에 폭음이 울려 퍼졌다.

스물이 넘는 마인이 한순간에 핏물이 되어버렸다.

"무, 무형검강!"

소량에게 달려들었던 마인들이 비명처럼 외쳤다. 건너편

의 동료들이 육편이 되어버렸으니 놀라지 않을 도리가 없다.

내력의 소모를 감수하고 무형검강을 펼친 소량이 전신에 살기를 휘감고서 우측으로 달려들었다.

"이이익!"

한때 감숙 일대를 주름잡았던 마인, 살수마의(殺手魔醫)가 잇새로 신음을 토해내며 소량을 막아갔다.

그의 손에 들려 있던 흑침(黑鍼)이 소량에게로 쇄도했다.

챙, 채챙, 챙!

소량은 세 번의 검로만으로 수십 개의 흑침을 모조리 튕겨냈다. 살수마의가 대경하여 장법을 펼쳤으나, 소량의 옷자락조차도 건드리지 못하고 목이 꿰뚫린 채 무너지고 말았다.

소량은 또 다른 마인들에게로 달려들었다. 전신을 휘감았던 살기는 스물 몇 명을 죽이자 조금이나마 진정된 상태였다.

비로소 이성을 찾은 소량이 혼잣말을 되뇌었다.

'살기를 거두어야 한다, 살기를 거두어야 해.'

음마존!

그가 바로 백 리를 격하여 자신의 기운을 드러낸 마인

이리라. 그의 무위를 아직 겪어보지는 못했지만 순응의 검을 얻지 못하면 필패라는 사실만은 명확히 알 수 있었다.

태허일기공이 동의할 수는 없다는 듯 울부짖었지만 소량은 힘겹게 살기를 거두었다. 소량에게로 달려들었던 염염요마(焰焰妖魔)가 팔이 잘리는 대신 어깨를 베인 채 쓰러졌다.

"꺄악, 꺄아악!"

천애검협이 곧 달려들 것이라고 생각한 염염요마가 뒤로 기어가며 비명을 질렀다. 죽음을 직감한 그녀가 절초를 펼쳐내었으나, 소량은 그녀를 죽이는 대신 스쳐 지나갈 뿐이었다.

염염요마의 눈에 이채가 떠올랐다.

'나를 한 번에 베지 못했어?'

염염요마가 소량의 움직임을 관찰했다. 한 번 검로를 펼칠 때마다 한 명씩 죽어 나가던 전과 달리, 천애검협은 부드럽고 음유한 공력을 펼쳐 적을 제압하는 데 중점을 두고 있었다.

'천애검협도 지친 것이로군!'

염염요마의 입가에 싸늘한 미소가 어렸다.

하지만 그녀의 생각은 전혀 틀린 것이었다.

소량은 지친 것이 아니라 검로를 부드럽게 펼치려 노력하고 있을 뿐이었다. 그녀를 완전히 제압하지 못한 것도 살기를 억누르는 데 치중해 실수를 한 것에 불과했다.

착각에 빠진 염염요마가 바닥을 한 차례 두드려 몸을 일으키고는 소량의 등 뒤로 다가갔다. 소량이 뒤를 돌아보는 모습에서 당황을 느낀 그녀가 고소를 터뜨리며 암수를 펼쳤다.

"역시 지쳤구나, 천애……."

그 순간, 소량의 눈에서 섬뜩한 안광이 빛났.

겨우 참아냈던 살기가 다시 치솟아 오른 것이다.

염염요마의 얼굴이 새파랗게 질려갔다.

"자, 잠깐!"

염염요마는 뒤늦게 자신이 착각했음을 깨달았지만 때는 이미 늦은 후였다. 그녀는 계획했던 암수를 제대로 펼쳐 보지도 못하고 창졸간에 목을 잃고 말았다.

"후우, 후우—"

소량은 흥분으로 거칠어지는 호흡을 가다듬으려 애썼다. 그는 의식적이라기보다는 본능적으로 구결을 읊어 나갔다.

'만약 호흡이 마음에서 나온 것을 안다면[若息從心出], 깨달음도 마음에서 나온다는 것을 알게 되리라[亦復知從心出].

호흡이 마음으로 들어온다는 것을 안다면[若息從心入], 깨달음도 마음으로 들어온다는 것을 알게 되리라[亦復知從心入]. 그러므로 세상과 함께 호흡을 나눌 수 있다면[天地同息] 천하의 이치를 모두 얻으리라[天下之理得].'

태허일기공의 구결을 읊자 홍분이 조금씩 가라앉는다.

홍분이 가라앉자 화염처럼 변해 버린 태허일기공이 혈맥 곳곳을 충돌하며 성질을 부렸다. 조금 전까지만 해도 잊고 있었던 통증이 다시 느껴지기 시작했다.

소량은 또다시 마음이 조급해지는 것을 느꼈다.

할머니의 음성이 떠오른 것은 바로 그때였다.

"본디 공을 이루는 것은 너무나도 어려운 일이니라. 공을 일컬어 쌓는다[積]고 말하는 것도 바로 그런 까닭이여. 참지 못하는 자는 아무것도 이루지 못하지."

소량의 마음이 조금씩 차분해졌다.

곧 능소의 목소리가 뒤를 이었다.

"요, 욕심 부리지 말고 태양처럼 부지런히 살면 하늘이 비를 주고 땅이 먹을 것을 준댔다. 진짜로 봄에 씨앗을 심고 여름에 잘 돌보면, 가을에 먹을 것이 나와. 겨울이 되어서 조금 쉬고 있으면 금방 봄이 오고……."

 격전 중임에도 불구하고 소량이 눈을 지그시 감았다.
 자신을 스쳐 지나가려는 마인을 베어내는 검도, 마인들의 발을 묶어놓은 기세도 그대로였지만 소량의 마음만은 다른 곳에 있는 듯했다.
 소량은 처절한 싸움 속에서 길[道]을 찾기 시작한 것이다.
 하지만 소량의 청정은 그리 오래 이어지지 못했다.
 소량이 정신없이 뒤로 열네 걸음을 물러났다.
 "흐읍!"
 조금 전까지 소량이 있던 곳에 한 줄기 장력이 내려꽂히며 우레와 같은 굉음을 내뿜었다. 소름이 오싹 돋아 오르는 것을 느낀 소량이 장력을 내지른 마인을 올려다보았다.
 용이 승천하듯 솟구쳐 올라 장력을 내지른 마인은 여전히 바닥에 내려오지 않은 채 허공에 떠 있었다.
 "허, 허공답보(許空踏步)……."
 "음마존! 음마존께서 오셨도다!"
 혈마곡의 마인들이 안도감 속에서 환호성을 외쳤다.
 허공에 떠 있던 여인이 소량의 전신을 한바탕 훑어보고는 작은 목소리로 감탄을 토해냈다.

"어머, 예상보다 귀엽게 생겼네."

여성의 몸으로 마존이라는 직위에 오른 거마(巨魔), 음마존 소요설(蘇妖雪)이 살포시 미소를 짓는 것과 동시에 혈마곡의 마인들이 다시 진격하기 시작했다.

이번만큼은 소량도 그들을 막을 수 없었다.

第七章
첩혈(疊血)

1

 곽삼의 아내인 장예화의 안색은 창백하기 짝이 없었다. 출산한 지 얼마 되지 않은 몸인 데다가 제대로 먹지조차 못했으니 어쩔 수 없는 일이었다. 품에 안긴 아기가 괴로운 듯 울음을 터뜨렸지만, 그녀는 아기를 달랠 생각도 하지 못하였다.
 겁에 질린 얼굴로 연신 뒤를 돌아보며 걸어가던 장예화가 돌부리에 발이 걸려 비틀댔다. 균형을 잡지 못한 그녀는 본능적으로 아기를 부둥켜안고는 눈을 질끈 감았다.
 곽삼이 다급히 장예화의 몸을 붙잡았다.

"예화야, 괜찮아? 아기는?"

장예화는 곽삼이 무슨 말을 하는지도 알아듣지 못했다.

겨우 균형을 잡고는 멍한 표정으로 걸음을 옮길 뿐이다.

극도의 불안감이 계속 된 나머지 혼란에 빠져 버린 것이다.

"예화야! 내 말 들려?"

장예화의 몸을 거칠게 흔들던 곽삼이 울먹이는 얼굴로 주위를 둘러보았다. 흑수촌의 백성들은 빠른 걸음으로 제 갈 길만 계속 갈 뿐, 곽삼과 장예화를 돌아보지 않았다.

"도와주세요! 아내가 이상합니다! 제발……."

"무슨 일인가, 곽삼!"

좌측에서 백성들을 독려하던 임종호가 얼른 곽삼에게로 뛰어왔다. 장예화의 어깨를 움켜 쥔 곽삼이 눈물이 가득 고인 얼굴로 임종호를 올려다보았다.

"예화가, 예화가 이상해요."

"임종호! 어서 제자리로 돌아가지 못하겠느냐!"

뒤쪽에서 백성들을 호위하던 흑의창협이 노기 어린 목소리로 외치며 임종호에게로 다가왔다. 천애검협은 포위를 당한 것 같지는 않다고 했지만 아직 안심해서는 안 된다.

만에 하나 임종호가 자리를 비웠을 때 혈마곡의 마인들이 습격한다면 낭패도 그런 낭패가 없는 것이다.

"신 대협, 하지만……."

곽삼 내외와 적지 않은 친분을 쌓아왔던 임종호가 발걸음이 떼어지지 않는지 머뭇거렸다. 한 달음에 임종호의 앞까지 달려 온 흑의창협이 정신 차리라는 듯 그의 뺨을 후려쳤다.

"내 말을 듣지 못했느냐? 일을 다 망쳐 버릴 참이야?"

철썩 소리와 함께 임종호의 고개가 돌아갔다.

임종호는 원망스러운 듯한 시선으로 흑의창협을 바라보다가 아랫입술을 질끈 깨물며 본래의 자리로 돌아갔다.

못마땅한 듯 임종호를 바라보던 흑의창협이 곽삼 내외에게로 시선을 돌렸다. 장예화의 명문혈에 손을 가져간 흑의창협이 조금 전과는 다른 따듯한 어조로 입을 열었다.

"너무 급하게 뛰지 않아도 괜찮네. 천천히 달려도 좋으니 지치지만 마. 그러면 살 수 있어. 곽삼! 아기는 자네가 안게!"

곽삼이 얼른 장예화의 품에서 아기를 빼앗아 안았다.

장예화가 아기를 영원히 못 만날 것처럼 껴안고 있어서 어쩌지 못하고 있었는데, 그것이 반쯤 넋이 나간 행동이었음을 알았으니 이제는 거리낄 것이 없다.

장예화가 양손을 휘저으며 비명을 질렀다.

"아기, 내 아기!"

장예화의 명문혈에 기운을 불어넣던 흑의창협이 다른 손으로 그녀의 인당혈을 툭 두드렸다.

"나도 알고 보면 무림의 고수라네. 약조하지. 내 반드시 지켜주겠네. 아기도, 자네도 무사할 거야. 내 반드시 지켜줄 테니 걱정할 것 없네. 걱정할 것 없어……."

흑의창협이 불어넣어준 기운 덕분일까, 아니면 그가 자장가처럼 읊조린 말 덕분일까? 멍하기만 하던 장예화의 눈에 조금씩 빛이 돌아왔다. 그녀는 곽삼의 품에 안긴 아기를 보고는 용기를 내겠다는 듯 아랫입술을 질끈 깨물었다.

흑의창협은 그제야 그녀의 등에서 손을 떼고는 곽삼 내외를 피난 행렬 안으로 밀어 넣었다. 백성들 틈으로 사라져가는 곽삼 내외를 바라보던 흑의창협이 눈을 질끈 감았다.

"얼마 전까지 나는 자네들의 이름조차 알지 못했지."

한때 그들의 곁에는 아무도 없었다. 천애검협이 아니었다면 곽삼 내외는 지금쯤 싸늘한 시체가 되어 썩어가고 있을 터였다. 그 사실이 지금에 와서야 미칠 듯이 후회스러웠다.

흑의창협은 한동안 곽삼 내외에게서 시선을 떼지 못했다.

운현자 역시 흑수촌의 백성들을 바라보고 있었다.

자신이 버리고 떠나 버렸던 백성들을, 뒤늦게 후회하고

돌아와 지금까지 동고동락하며 정을 쌓아왔던 그들을.

겁에 질린 흑수촌의 백성들은 운현자를 볼 때마다 불안한 음성으로 '이제 우리는 어떻게 되는 거냐'고 묻곤 했다.

'아무 일도 없을 거요. 약조 드리리다.'

운현자는 백성들에게서 시선을 떼어 피난 행렬의 목적지인 절벽을 바라보았다. 절벽의 틈에는 한둘이나 겨우 지나갈까 싶은 소로가 자리해 있을 것이다.

'반드시 지켜낼 것이오. 한 명도, 단 한 명도 잃지 않아.'

그런 운현자의 귓가에 흑의창협의 전음이 들려왔다.

[만약의 경우를 대비해야 하오, 당주. 만약 절벽에 혈마곡의 마인들이 잠복해 있다면… 으음, 상상하기도 싫구려.]

[지금으로서는 천애검협을 믿는 수밖에 없소. 흑의창협께서는 뒤처지는 백성이 없도록 신경을 써주시오. 심하게 뒤처지는 이가 있다면 안고서 경공이라도 펼치셔야 할 것이오.]

[그리하겠…….]

흑의창협이 고개를 끄덕이며 입술을 달싹일 때였다.

콰아앙—!

조금 전까지 일행이 휴식을 취하던 곳에서 굉음과 함께 흙먼지가 가득 피어올랐다. 음마존이 펼친 장력이 흙바닥과 부딪치며 한바탕 폭음과 먼지를 일으킨 것이다.

흑수촌민과 현무당원들이 한꺼번에 뒤를 돌아보았다.
"바, 방금은 도대체!"
선풍기협 기옥호가 경악성을 터뜨릴 때였다.
운현자가 딱딱하게 굳은 얼굴로 손을 들어 올렸다.
"조용히!"
피난 행렬의 꼬리에서 백성들을 호위하던 흑의창협과 선풍기협, 무류검 등이 안력을 돋워 뒤쪽을 주시했다.
범인이라면 볼 수 없었겠지만, 무학을 익힌 그들은 다섯 개의 인형(人形)이 빠르게 쇄도하는 것을 똑똑히 볼 수 있었다.
마침내 마인들이 소량을 스쳐 지나가는 데 성공한 것이다.
운현자가 침을 꿀꺽 삼키며 입을 열었다.
"모두 달려……."
긴장을 한 탓에 잔뜩 쉰 목소리가 새어 나왔다.
운현자가 눈을 부릅뜨며 피난 행렬로 고개를 돌렸다.
그제야 비로소 목청껏 고함이 터져 나온다.
"모두 달려! 지금 당장!"
폭음에 놀라 멈춰 섰던 흑수촌의 백성들이 새하얗게 질린 얼굴로 달음박질을 시작했다. 당장에라도 누군가가 목덜미를 잡아챌 것 같은 긴장감에 비명을 지르는 사람도 있었다.

"질풍권사와 유현승, 임종호는 혼란에 빠져 이탈하는 백성들이 없도록 주위를 살피시오! 소로에 이르면 중앙을 포기하고 후방으로 물러나 뒤처지는 백성이 없… 제기랄!"

명령을 끝내지도 못했는데 귓가에서 섬뜩한 바람이 불어왔다. 그래도 잠시간의 시간은 있을 줄 알았는데, 다섯 명의 마인은 어느새 지근거리까지 다가왔던 것이다.

"나는 선공을 취하리다!"

흑의창협이 크게 외치며 경공을 펼쳤다. 혈마곡의 마인, 독골선생(毒骨先生)이 크게 웃음을 터뜨렸다.

"으헐헐!"

서로에게 달려들던 흑의창협과 독골선생이 충돌하자 묵직한 충격음이 울려 퍼졌다.

둔탁한 타격음이 곧 뒤를 이었다.

독골선생의 장력(掌力)과 흑의창협의 초혼십이창로(招魂十二槍路)가 서로의 요혈을 노리고 쏟아졌던 것이다.

운현자와 무류검 역시 가만히 있진 않았다. 무류검은 우측으로 경공을 펼쳤고, 운현자는 그 반대편으로 향했다.

적하검결(赤霞劍結)이라!

운현자는 할 수 있는 한 내력을 가득 끌어올렸다.

'지금은 여유가 없다! 할 수 있는 한 전부……!'

운현자의 검에 푸르른 검기(劍氣)가 어렸다. 검기성강의 경지에 이르지는 못했지만 운현자 역시 청성파의 장문인이 될 것이라 짐작되는 기대주. 그 내공은 두텁기 짝이 없었다.

"헛?!"

암영조(暗影爪)가 경악하여 비명을 토해냈다.

실력의 삼 할은 숨기라는 강호의 격언조차 무시하고 처음부터 전력을 쏟은 운현자와 달리, 암영조는 보잘 것 없는 놈들이라 생각하고 방심하고 있었던 것이다.

방심의 대가는 죽음으로 찾아왔다.

"끄어윽!"

상반신을 크게 베인 암영조가 털썩 쓰러졌다.

곧이어 암영조의 뒤에서 두 명의 마인이 나타나 운현자에게로 달려들었다. 시독노괴(屍毒老怪)와 혈혈괴조(血血怪鳥)라는 마인들이었다. 운현자는 송풍검법(松風劍法)을 펼쳐 방어하며 정신없이 뒤로 물러났다.

"칫!"

흘끗 옆을 돌아보니 또 다른 마인이 스쳐 지나가고 있었다. 잔혹마소(殘酷魔簫)라는 마인으로 한 자루 퉁소를 단도처럼 사용하는 자였다. 혈혈괴조의 조법을 겨우 피해낸 운현자가 다급히 잔혹혈소를 막아 세웠다.

"하! 감히 세 명을 상대하려 해?"

잔혹혈소가 재미있다는 듯 운현자를 바라볼 때였다.

"후읍—"

운현자가 가볍게 숨을 들이켜더니 호흡을 멈추었다.

곧 그의 검로가 마치 파도가 치듯이 쏟아져 나왔다.

칠십이파검(七十二波劍)이라!

일파가 몰아치고 나면 숨 쉴 틈 없이 이파가 몰아친다.

그렇다고 무미건조하게 같은 파도를 계속해서 뿜어내는 것은 아니었다. 일파가 뿜어낸 내력이 이파에 중첩되고 이파가 뿜어낸 내력이 삼파에 중첩되니 절정의 검공이라 할 만했다.

"제법 재간이 있긴 하구나!"

잔혹혈소의 옥소는 빠르게 칠십이파검을 막아갔다.

한편, 피난 행렬은 마침내 절벽 앞에 당도해 있었다.

두세 명이나 겨우 지나갈 법한 좁은 소로의 앞은 아비규환(阿鼻叫喚)이나 다름이 없었다. 모두가 먼저 들어가고자 했고, 밀쳐진 사람들은 주변에서 울부짖으며 비명을 질러댔다.

"한 명씩! 한 명씩 들어가도 살 수 있소이다!"

"빌어먹을! 전부 다 들어갈 수 있단 말이오!"

선풍기협 기옥호와 유현승이 질서를 잡으려 애썼지만 혼

란은 쉽게 가라앉지 않았다. 임종호는 멍한 눈으로 한 폭의 지옥도나 다름없는 풍경을 바라보다가 눈을 질끈 감았다.
"으아앙, 으앙!"
"아가야, 우리 아가야……."
아기를 어르는 소리에 임종호가 뒤를 돌아보았다. 쪼그려 앉은 장예화가 아기를 품에 안은 채 앞뒤로 몸을 끄덕끄덕하고 있었다. 곽삼이 그런 모자를 보호하듯 팔을 둘렀다.
"혀, 형님. 우, 우리 살 수 있겠지요?"
임종호의 눈에 눈물이 핑 돌았다.
천애검협의 말에 따르면 혈마곡의 마인 중에는 삼천존과 같은 경지에 이른 괴물이 있다고 한다. 지금은 천애검협이 막고 있는 모양이지만 그자가 나타나면 전멸을 면치 못하리라.
아니, 당장 천애검협이 그 괴물을 막느라 움직이지 못하고 있으니 마인들이 몇 명 더 나타나면 전멸을 당할 터였다.
"살 수 있어……."
임종호가 차마 곽삼의 눈을 보지 못하고 고개를 돌렸다.
임종호가 아랫입술을 짓씹으며 같은 말을 읊조렸다.
"반드시 살 수 있어."
"임종호! 자네도 가게! 곽가 내외가 마지막이야!"

임종호의 말이 끝나자마자 선풍기협 기옥호가 크게 외치더니, 한바탕 혈전을 벌이고 있는 운현자에게 달려갔다.

잔혹혈소와 시독노괴, 혈혈괴조의 합공에 밀린 탓에 운현자는 연신 뒤로 물러나고 있었다. 그러나 수세에 몰렸음에도 불구하고 그의 눈에는 기회만을 엿보고 있었다.

칠십이파검이 한창 절정에 다다랐을 때, 잔혹혈소가 운현자의 검을 튕겨냈다. 운현자가 잔혹혈소의 옥소와 부딪칠 때 생긴 반탄력을 더하여 쾌검(快劍)을 펼쳤다.

"헉?"

운현자가 갑자기 공격의 방향을 바꿀 줄 몰랐던 시독노괴가 경호성을 터뜨렸지만 때는 이미 늦은 후였다. 시독노괴는 결국 방어조차 제대로 해보지 못하고 절명하고 말았다.

운현자는 그 상태로 검로의 방향을 한 번 더 바꾸었다.

시독노괴를 죽이자마자 자신에게 검이 쏘아질 줄은 몰랐던 잔혹혈소가 세 걸음이나 뒤로 물러났다.

"쯧쯧쯧!"

그 순간, 누군가가 혀를 차는 소리와 함께 잔혹혈소의 가슴에 뾰족한 무언가가 돋아났다. 잔혹혈소는 눈을 휘둥그레 뜬 채 자신의 가슴께를 내려다보다가 무릎을 털썩 꿇었다.

잔혹혈소의 뒤에는 흑의창협이 피투성이 몰골로 서 있었다. 흑의창협은 독골선생의 목숨을 취하자마자 곧바로 운현자에게로 달려와 잔혹혈소의 뒤를 친 것이다.

"당주, 한 놈 더 남았잖소! 그놈은 어디… 엇, 곽진!"

소백신마(素魄神魔)라는 마인을 상대하던 무류검의 뒤로 운현자가 놓친 혈혈괴조가 모습을 드러냈다. 무류검은 미처 눈치채지 못했는지 소백신마에게 공격을 퍼붓고 있었다.

"뒤! 이 사람아, 뒤를 보게! 이익!"

흑의창협이 들고 있던 장창을 투창하듯 집어던졌다.

운현자 역시 고함을 지르긴 마찬가지였다.

"조심하시오, 곽 도우!"

운현자의 경호성을 듣고서야 뒤에 적이 있음을 알아챈 무류검이 이를 드러내며 몸을 돌리는 순간이었다.

푹!

혈혈괴조가 손가락 두 개를 기이하게 구부려 그의 눈을 꿰뚫었다. 무류검이 크게 움찔하더니 앞으로 털썩 쓰러졌다.

물론 혈혈괴조도 무사하진 못했다. 흑의창협의 창이 섬전처럼 날아와 혈혈괴조의 육신을 꿰뚫었던 것이다.

단숨에 혈혈괴조의 시신으로 달려간 흑의창협이 그의 몸

에서 창을 뽑아 들고 초혼십이창로를 펼쳐 나갔다. 운현자는 흑의창협과 합공하는 대신 무류검에게로 달려가는 중이었다.

"곽진, 곽 도우!"

손가락이 두개골 안까지 파고들었는데 어찌 살아 있을 수 있겠는가! 무류검은 그야말로 비명도 지르지 못하고 즉사한 상태였다. 운현자가 허망한 얼굴로 몸을 부르르 떨었다.

그때, 소로 쪽에서 선풍기협 기옥호의 목소리가 들려왔다.

"당주! 소로 안으로 진입하시오!"

운현자가 절벽 속 소로를 흘끗 돌아보았다. 곽가 내외와 임종호가 소로 안으로 달음박질치는 것이 보였다. 그들을 들여보낸 선풍기협이 무류검을 보고 안타까운 표정을 짓더니 눈을 질끈 감고 다시 한 번 고함을 질렀다.

"어서 소로 안으로 들어오란 말이오!"

"하! 몸을 뺄 수 있을 것 같으냐?"

흑의창협의 창을 피해낸 소백신마가 고함을 지를 때였다. 운현자가 앞으로 뛰쳐나가며 칠십이파검을 펼쳤다. 동귀어진을 각오한 듯 방어라고는 조금도 없는 초식이었다.

물론 흑의창협도 가만히 있지는 않았다.

첩혈(疊血) 213

두 명이 합공을 하자 소백신마의 손발이 어지러워졌다.
"개 같은 놈들! 하지만 소용없다! 쾌검도……."
소백신마가 욕설을 내뱉으며 운현자의 검을 피하는 찰나, 흑의창협의 창이 그의 심장을 꿰뚫었다. 창이 어찌나 빠른지 소백신마가 스스로 창에 몸을 던진 것처럼 보일 정도였다.
"곽진! 괜찮은가, 자네? 이보게!"
흑의창협이 서둘러 무류검에게 달려가 그를 부축했다.
운현자가 어두운 얼굴로 시선을 돌렸다. 다섯 명으로도 벅찼는데 이번엔 열 명 가까운 마인들이 달려오고 있었다.
"출발하겠소, 흑의창협."
흑의창협은 곽진의 시신 앞에 무릎을 꿇은 채 몸을 부르르 떨 뿐, 쉽사리 일어나지 못했다.
"출발하겠다고 말하지 않소!"
운현자가 재차 외치자 흑의창협이 눈을 질끈 감고 벌떡 자리에서 일어나더니, 성큼성큼 소로로 걸음을 옮겼다.
흑의창협의 눈빛은 형형한 분노로 가득했다.

2

소량이 지금 당장 출발해야 한다고 말했을 때부터 현무당원들은 죽음을 각오했었다. 아니, 더 정확히 말하자면 그 이전부터라고 해야 옳을 것이다. 뒤늦게 후회하고 흑수촌으로 달려갔을 때부터 그들은 죽음을 옆자리에 두고 있었다.

무류검 역시 죽음을 각오하긴 마찬가지였을 것이다.

죽음을 맞은 그의 얼굴에는 한 점의 후회도 없었다.

"무량수불……."

운현자가 도호를 읊조리며 검기를 펼쳐 소로의 벽면을 무너뜨렸다. 무류검의 죽음이 눈앞에 아른거린 탓인지, 철선(鐵扇)을 휘두르는 선풍기협의 얼굴도 굳어지긴 마찬가지였다.

"멍청한 놈, 이런 멍청한 놈!"

흑의창협이 절벽에 창을 휘두르며 욕설을 내뱉었다.

벽면에서 바위가 떨어지며 흙먼지가 자욱하게 피어났다.

쿠쿵, 콰콰쾅!

혈마곡의 마인들의 입장에서 보면 답답하기 짝이 없는 일이라 할 수 있었다. 현무당원들이 한 발 먼저 들어가 소로를 차단하고 있으니 접근하기가 만만치 않은 것이다.

운현자와 흑의창협, 선풍기협을 제외한 나머지 일행은 이미 소로를 지난 모양이었다. 그들은 불행 중 다행이라는

첩혈(疊血) 215

표정으로 빠르게 경공을 펼쳐 나갔다.

그렇게 십여 리를 지나가자 길이 바뀌었다. 바닥과 직각을 이루던 절벽도 완만한 형태로 변했고, 두세 명이나 겨우 지나갈 듯했던 길도 대로마냥 넓어진다.

"이제 끝난 건가."

흑의창협이 지친 얼굴로 한숨을 내쉬며 중얼거렸다.

아무리 날고뛰는 놈들이라 한들 길이 없는데 어쩔 도리가 있겠는가? 꼼짝없이 추적을 포기하는 수밖에 없을 것이다.

"아니, 뒤쪽을 보시오."

운현자의 말에 흑의창협의 표정이 일그러졌다. 고개를 돌린 흑의창협의 입에서 곧 무거운 신음이 터져 나왔다.

"벽호공(壁虎功)?"

경공이 뛰어난 마인들이 무너진 바위들을 뛰어넘고 있었다. 그것도 한둘이 아니라 여섯 명이나 된다. 흑의창협이 이해할 수가 없다는 듯 가슴을 쾅쾅 치며 외쳤다.

"도대체 어째서 이렇게까지!"

"이제 그만 뛰시오! 모퉁이만 넘으면 동굴이 보일 거요!"

운현자가 차갑게 외치며 경공을 펼쳤다. 선풍기협과 흑의창협이 이를 악물며 운현자의 뒤를 쫓았다. 경공을 펼친 지 얼마 되지 않아 산기슭 사이로 모퉁이가 보였다.

그 순간, 현무당원들이 일제히 경공을 거두었다.

모퉁이 부근에서 백성들이 보인 탓이었다.

"아직 이 정도까지밖에 가지 못했나?"

운현자의 얼굴이 종잇장 구겨지듯 일그러졌다.

마지막에 소로에 들어선 탓에 멀리 가지 못한 곽삼 내외와, 어린 종리혜와 종리소소를 안고 걸어야 했기에 속도를 낼 수 없었던 종리 부인과 종리율이 힘겹게 걸음을 옮기고 있었다.

그때, 낯선 음성과 함께 바람이 찢어지는 소리가 났다.

"천애검협이 언제 올지 모르는데 귀찮게도 구는군. 차라리 자결하면 자네들도 편하고 나도 편할 텐데 말이야. 어디, 백성들부터 죽이면 편히 가시겠는가?"

혈천광검(血天狂劍)이라는 마인이 검기를 쏘아낸 것이다.

흑의창협이 대경하여 혈천광검의 검기를 막아갔다.

몇 걸음 물러나 혈천광검의 검에 충돌할 때 생긴 충격을 해소해 낸 흑의창협이 눈을 부릅뜨며 곽삼에게 고함을 질렀다.

"곽삼, 어서 피하게! 당장 달리란 말일세!"

"피하라? 으하하하!"

혈천광검이 광소를 터뜨리고는 고개를 끄덕였다.

"좋아, 어디 한번 해보세. 오랜만에 사망유희(死亡遊戱)를 즐길 수 있겠군. 하하하! 자네들이 상대편이 되어줄 테니 누가 더 죽이는지 내기할 필요도 없겠어. 안 그런가, 친구들?"

혈천광검의 말이 끝나자 나머지 다섯 명의 마인이 동의한다는 듯 웃음을 터뜨렸다. 현무당원들이 백성들을 지키는 데 심력을 쏟으면 쏟을수록 죽이기도 쉬워진다. 백성들을 죽이는 쾌감이 덤으로 따라온다는 것은 말할 나위도 없다.

"어디 시작해 볼까?"

"좋지!"

북평부에서 수십 건의 살인을 저질렀던 흑천마수(黑天魔手)가 신이 난 듯 웃으며 쇄도했다. 선풍기협 기옥호가 욕설을 내뱉으며 몸을 두 바퀴 회전하더니 철선을 집어던졌다.

"빌어먹을!"

철선은 마치 살아 있는 것마냥 흑천마수를 공격했다가 돌아오기를 반복했다. 철선이 오가면 오갈수록 선풍기협의 회전도 빨라졌다. 말 그대로 바람과 같은 공세였다.

"그러면 이건 어떨까?"

추혼살영(追魂殺影)이 껄껄 웃으며 곽삼에게로 달려갔다. 무림인들의 격전을 처음 보는 곽삼은 너무도 빠른 추혼살영의 모습에 놀라 제 아내와 아기를 부둥켜안고 고개를 숙였다.

하지만 곽삼의 앞에는 현무당원 임종호가 있었다.

임종호가 부족한 검예로나마 추혼살영에게 달려들었다.

"곽삼, 이 멍청아! 뛰어, 뛰라고! 살아야 할 거 아니야!"

"비키게, 임종호! 저놈은 내 몫일세!"

추혼살영보다 조금 늦게 나타난 흑의창협이 임종호의 어깨를 잡아채어 뒤로 밀어내고는 초혼십이창로를 펼쳐 나갔다.

곽삼은 창영이 허공을 메우는 것을 겁에 질린 얼굴로 바라보다가, 아내를 부축해 자리에서 일어났다. 임종호가 장예화의 품에서 대뜸 아기를 빼앗아 곽삼에게 건넸다.

"아기는 자네가 안게! 곽 부인은 내가 안겠네!"

"임종호! 당장 가시오, 서두르란 말이오!"

운현자가 정신없이 종리혜에게 달려가며 외쳤다.

종리혜의 앞으로 호색음마(好色陰魔)가 회가 동하는 듯 입맛을 다시며 달려들고 있었던 것이다.

"흐흐흐, 여자가 넷이니 재미 좀 볼 수 있겠어. 중년 부인에 젊은 처녀에 어린 계집까지……."

"무량수불, 그 입 닥치지 못할까!"

운현자가 눈을 부릅뜨며 호색음마의 앞을 막아갔다.

채음보양으로 내력을 한껏 키운 호색음마가 장법을 펼쳐 운현자를 공격해 왔다. 기교로 따진다면 모르겠으나 내력만은 운현자와는 비교도 할 수 없을 정도로 많은 호색음마였다.

호색음마의 장에 어린 기운은 거의 강기에 가까웠다.

종리 가족이 뒤에 있어 피할 수가 없었던 운현자가 일순간 진원지기까지 소용해 가며 호색음마의 장을 쳐 냈다.

콰앙―

운현자의 안색이 창백하게 변하는 순간, 종리 부인이 세 딸을 챙겨서 느리게나마 몸을 일으켰다. 여자는 약해도 어머니는 강한 법, 무인들의 살기에도 그녀는 정신을 차린 것이다.

여유가 생긴 운현자가 호색음마에게로 달려들었다.

"물러나지 못하겠느냐!"

운현자는 호색음마를 죽이기보다 멀리 떨쳐내려 했다. 쏟아내는 검로 역시 적하검결에서 칠십이파검으로 변해간다.

호색음마는 시종일관 느긋한 얼굴로 그를 상대했다.

그때, 호색음마만큼이나 여색을 즐기는 탐화랑(探花郞)이 끼어들었다. 그는 종리 가족을 보자마자 입맛을 다셨다.

"이번에는 내 차지인가 봐, 호색음마."

"자, 잠깐!"

운현자의 안색이 급변하는 순간이었다.

호색음마의 뒤에서 흑의창협이 나타났다. 상황이 다급해지자 추혼살영을 내버려 둔 채 종리혜에게로 달려온 것이다.

탐화랑이 카랑카랑한 목소리로 웃음을 터뜨렸다.

"네 창법은 아까 잘 보았지."

"이것도 보았나?"

그 순간, 흑의창협의 장창이 두 갈래로 갈라졌다.

추혼십이창로를 펼치며 장창을 분리하면 창대에서 창날이 튀어나와 두 개의 단창이 되는 것이다.

장창의 창극을 막아가던 탐화랑의 눈이 휘둥그레 커졌다.

"커허억!"

본래의 창은 막아냈지만 단창만은 막아내지 못한 탐화랑이 눈을 부릅떴다. 흑의창협이 그의 아랫배에 단창을 꽂아 넣고 위로 그어버린 것이다.

흉부가 너덜너덜해진 탐화랑이 털썩 뒤로 쓰러졌다.

흑의창협 역시 무사하진 못했다. 추혼살영의 검이 남긴 상흔이 등 뒤에 길게 남아 있었던 것이다. 내상 역시 적지 않은 모양인지 흑의창협의 얼굴은 새파랗게 질려 있었다.

그때, 선풍기협이 경호성을 터뜨렸다.
"신 대협! 뒤에! 뒤를 보시오!"
흑의창협이 대경하여 뒤를 돌아보았다. 그가 두고 온 추혼살영이 곽삼과 장예화에게로 달려가고 있었다.
"놈! 내버려 두어라!"
흑의창협이 기성을 내지르며 신형을 날리려 할 때, 혈천광검이 바람처럼 날아와 그를 가로막았다.
"크흐흐, 나를 잊고 있던 것은 아닌가?"
"비켜!"
흑의창협이 초조함 가득한 얼굴로 혈천광검을 찔러 나갔다.
"먼저 가게!"
추혼살영이 달려오고 있음을 발견한 임종호가 장예화를 내려놓고는 다시금 검을 꺼내며 크게 외쳤다.
아기를 안고 있던 곽삼이 일순간 주춤하며 그를 바라보자 임종호가 답답하다는 듯 고함을 질렀다.
"멍청아, 빨리 가란 말이야! 처자식을 죽일 셈이야?"
"가긴 어딜 간단 말이냐?"
추혼살영이 히죽히죽 웃으며 임종호에게 검을 휘둘렀다.
처음에는 하나였던 추혼살영의 검이 세 개로 불어나자

임종호의 눈이 휘둥그레 커졌다. 세 개의 검영을 모두 막아내고 싶었지만 임종호의 검예는 아직 그 정도에 이르지 못했다.

"제기랄!"

목을 노리고 베어오는 검을 막자 임종호의 검에 쩌적 금이 갔다. 검기를 발출할지 모르는 임종호와 달리 추혼살영의 검에는 검기가 서려 있었던 것이다.

임종호의 옆구리에서도 피가 튀었다.

추혼살영은 그로부터 이 초식을 더 전개했다. 임종호가 가진 재간을 모두 쏟아 그것을 막아갔으나, 사실 그 두 개의 초식 자체가 허초나 다름없는 것이었다.

"크흐흐, 이것도 막아보련?"

일순간 추혼살영의 검이 여덟 개로 분열했다.

하필이면 신법을 펼칠 때 쏟아진 검로인지라 임종호는 제대로 대처를 하지 못했다. 자신에게 쏟아지는 검로는 그럭저럭 막아낼 수 있겠지만 곽삼과 장예화에게 쏟아지는 것은 도저히 막을 자신이 없는 것이다.

임종호는 눈을 질끈 감고 곽삼 내외의 앞을 막아섰다.

푹—!

짧은 소리와 함께 임종호의 폐에 구멍이 뚫렸다. 추혼살영은 곧이어 허리를 굽혀 임종호의 왼쪽 발목을 잘라내었다.

"임종호! 종호야!"

선풍기협이 멀리서 철선을 집어던졌으나, 추혼살영은 대수롭지 않게 그것을 피해내고는 곽삼에게로 걸음을 옮겼다.

바닥에 쓰러진 임종호가 눈을 부릅떴다.

아직 어린 부부인데, 어리기도 너무 어려 둘이 함께 있으면 꼭 소꿉장난을 하는 것 같았는데. 아기는 태어난 지 얼마 되지도 않았는데, 아직 세상을 구경해 보지도 못했는데…….

'아가야, 살아야 한다, 반드시 살아야 해.'

임종호가 숨을 내쉴 때마다 코와 입으로 피가 쏟아졌다.

임종호는 그 상태로 기어가 추혼살영의 발을 부여잡았다.

"이놈, 안 죽었더냐?"

추혼살영이 얼굴을 구기며 아래를 내려다보았지만 임종호는 그를 올려다보지 않았다. 그저 곽삼을 바라보며 입만 뻥긋대고 있을 뿐이다. 어서 도망치라고 말하고 싶었으나 안타깝게도 목소리가 나오지 않았다.

"혀, 형님……."

곽삼과 장예화의 눈에 눈물이 고일 때였다.

쐐애액—

선풍기협에게로 돌아갔던 철선이 다시 추혼살영에게로 쇄도했다. 추혼살영이 다급히 피해내려 했으나 발을 붙잡은 임종호의 손을 뿌리칠 수가 없었다.

"놈!"

추혼살영이 임종호의 머리를 짓밟자 머리가 수박처럼 깨어진다. 죽어서도 미련을 버리지 못한 것일까. 머리를 잃어놓고도 임종호의 육신은 추혼살영의 다리를 놓지 않았다.

스르륵!

그 순간, 철선이 추혼살영의 목젖을 베고 지나갔다.

"곽 도우! 어서 자리를 피하지 않고 뭐하시오!"

운현자가 곽삼에게 고함을 지르며 칠십이파검을 거두었다. 대신 적하검결을 펼쳐 나가는데, 진원지기를 쏟아붓되 순차적으로 붓지 않고 단번에 폭발시킨다.

말 그대로 혈맥이 터질 각오를 한 것이다.

"헉?!"

여력을 남기기 위해 운현자의 내력에 맞추어 공력을 조절했던 호색음마가 대경하여 눈을 부릅떴다.

"끄, 끄으윽!"

운현자의 검이 그의 장을 파고들더니, 금세 빠져나가 이번엔 목을 베어온다. 서둘러 손을 뻗어 막아보려 했으나 왼손은 몰라도 구멍이 난 오른손은 움직이지 않는다.

퍼억!

운현자의 어깨에 호색음마의 일장이 부딪히는 것과 동시에 호색음마가 목숨을 잃었다. 그와 비슷한 시간에 흑의창협도 혈천광검의 목을 베어낼 수 있었다.

흑의창협은 그를 베자마자 임종호에게 달려왔다. 임종호의 시신을 내려다보던 흑의창협이 무릎을 털썩 꿇었다.

"종호야, 종호야……."

흑의창협이 어쩔 줄 모르는 사람처럼 손을 내밀었다가 거두기를 반복했다.

"흑, 흐흑. 종호 형님!"

흑의창협은 곽삼의 목소리를 듣고서야 정신을 차렸다. 문득 뒤를 돌아보니 곽삼이 걸음을 떼지 못하고 머뭇거리는 것이 보였다. 흑의창협의 얼굴이 구겨진 종잇장처럼 변했다.

"당장 도망치게! 지금 당장!"

흑의창협이 외치자 곽삼이 조금씩 뒷걸음질 치더니, 아내인 장예화의 손을 잡고 모퉁이를 돌아섰다. 서글프면서도 뜨거운 모순적인 감정이 곽삼의 가슴을 꽉 메웠다.

운현자 덕택에 목숨을 구한 종리 가족들도 모퉁이를 돌

아서긴 마찬가지였다. 동굴의 입구에서 초조하게 기다리던 흑수촌의 백성들이 그들을 가리키며 외쳤다.

"저기! 저기 온다!"

"아직 살아 있어!"

흑수촌의 백성들을 지키기 위해 동굴의 입구를 떠나지 못했던 운송자와 제갈영영, 질풍권사와 유현승이 이를 질끈 깨물었다. 운송자가 다급한 어조로 사형 대신 명령을 내렸다.

"유현승, 제갈 소저! 여기서 백성들을 지키고 계시오! 나는 질풍권사와 함께 저들을 데려오……."

쿠웅—!

운송자의 말이 끝나기도 전에 폭음이 울려 퍼지더니, 모퉁이 너머에서 선풍기협이 나타나 바닥에 처박혔다.

그 뒤로 흑의창협과 운현자가 합공을 했음에도 득수(得手)하지 못하고 뒤로 밀려나고 있는 것이 보였다.

곧이어 여섯 명의 마인 중 아직까지도 살아남아 있던 흑천마수와 구곡유마(九曲幽魔)가 느긋하게 모습을 드러냈다.

두 명의 마인이 싸늘하게 웃으며 백성들을 돌아보았다.

"흐흐흐, 여기 다 있었군."

"사형, 운현 사형!"

운현자는 구곡유마에게 송풍검법을 펼치다가, 운송자가

달려오고 있음을 발견하고는 눈을 부릅뜨며 고함을 질렀다.

"이쪽으로 오지 말고 백성들부터! 백성들부터 구해!"

운송자가 이를 질끈 깨물며 멈춰 서더니, 눈을 질끈 감고 운현자에게서 몸을 돌렸다.

동굴에서 갓 뛰쳐나온 질풍권사 역시 마찬가지였다.

그 순간 흑천마수가 신형을 움직였다. 그동안 지긋지긋하게 막아서던 선풍기협이 마침내 바닥에 쓰러졌으니 더 이상 막아설 자가 없는 것이다.

흑천마수가 쏘아지는 것을 발견한 운송자와 질풍권사가 종리 가족과 곽삼 내외를 보호하듯 섰다.

흑천마수는 그들을 무시한 채 허공으로 높이 몸을 띄웠다.

"쿨럭, 쿨럭!"

어디선가 기침 소리가 들리더니 흑천마수의 발치로 철선이 날아들었다. 선풍기협이 철선을 쏘아 보낸 것이다.

흑천마수가 각법을 펼쳐 그것을 쳐 내었으나, 철선은 궤적을 바꾸지 않고 다시 선풍기협에게로 돌아갔다.

그사이에 삼 장을 뛰어넘은 선풍기협이 철선을 움켜쥐자마자 한 바퀴 회전하여 다시 흑천마수에게 쏘아 보냈다. 그리고 또 삼 장을 달려가 돌아온 철선을 부여잡고 회전한다.

　흑천마수가 바닥에 떨어질 때까지의 짧은 시간 동안 선풍기협은 세 번이나 흑천마수에게 철선을 쏘아 보냈다.

　"크크큭. 제법 대단하구나!"

　하지만 철선도 흑천마수의 궤적을 바꾸지는 못했다. 종리 가족과 곽삼 내외를 등지고 돌아선 운송자와 질풍권사와 달리, 흑천마수는 백성들의 진로를 가로막는 곳에 착지했다.

　흑천마수의 손이 종리 부인의 머리를 노리고 쏘아졌다.

　"안 된다, 안 돼!"

　질풍권사가 눈을 부릅뜨며 앞으로 달려드는 순간이었다.

　종리 부인을 노리던 흑천마수의 손이 방향을 바꾸었다.

　콰앙—!

　질풍권사의 신형이 달려왔던 것만큼이나 빠르게 튕겨났다. 종리 부인을 공격하는 체하여 질풍권사의 심기를 흩어낸 흑천마수가 그의 심장에 수도를 찔러낸 것이다.

　"끅, 끄으윽!"

　심장에 구멍이 난 질풍권사가 벌레처럼 꿈틀댔다.

　운송자는 질풍권사가 죽어간다는 것을 알지 못했다. 그저 정신없이 송풍검법을 펼쳐 흑천마수를 공격할 뿐이다.

뒤늦게 달려온 선풍기협이 다시 한 번 철선을 날렸다.

그 순간, 흑천마수의 손이 백성들 틈으로 쏘아졌다.

이번에는 종리 부인이 안고 있는 종리혜의 심장을 노리고 수영을 뻗어내는 것이다.

"엇!"

운송자가 재빨리 검로를 바꿔 막아보려 했으나 이미 검이 나갈 대로 나간지라 방향만 조금 바뀌었을 뿐이다. 그보다 고수인 선풍기협조차 철선 대신 손을 내뻗는 것이 전부였다.

서걱!

수도에 잘린 선풍기협의 왼손이 바닥에 떨어졌다.

목숨이 경각에 달린 순간, 선풍기협이 종리혜를 돌아보았다. 종리혜는 엄마의 옷자락을 꼭 붙잡고 엉엉 울고 있었다.

'울지 마라, 아이야. 울지 않아도 괜찮으니.'

선풍기협이 이상하게도 침착한 얼굴로 흑천마수를 공격해 갔다. 흑천마수가 사이하게 웃으며 그것을 막아가는 순간, 선풍기협의 손에서 철선이 사라졌다.

선풍기협은 생사의 간극에서 병장기를 버려 버린 것이다.

흑천마수의 손은 철선이 있던 자리를 지나 선풍기협의

단전을 꿰뚫었다. 끔찍한 통증이 찾아왔으나, 선풍기협은 아랑곳 않고 금나수로 흑천마수의 어깨를 잡아챘다.

흑천마수가 붙잡히자 운송자가 재빨리 송풍검법을 펼쳤다.

"노, 놈?!"

당황한 흑천마수의 목으로 운송자의 검이 날아들었다.

머리가 일순간에 잘려 버린 흑천마수가 공연히 팔을 허우적댔다. 선풍기협은 만족스러운 미소를 짓고는 무릎을 털썩 꿇었다. 뒤늦게 상처를 만져 본 그가 씁쓸한 듯 고개를 숙였다.

"선풍기협! 괜찮으십니까?"

"어서 백성들을 데려가."

운송자가 부축하려 했으나 선풍기협은 오히려 그를 밀어낼 뿐이었다. 선풍기협이 더 이상 손을 휘저을 기운도 없는지 운송자의 어깨를 밀어내던 팔을 힘없이 내렸다.

"그때처럼 백성들을 버리지 마……."

운송자의 눈시울이 조금씩 붉어지기 시작했다.

자리에서 일어난 운송자가 종리 가족과 곽삼 내외를 돌아보았다. 그들은 어느새 동굴의 입구에 다다라 있었다. 그들의 뒤로 백성들이 저마다 눈물을 쏟아내는 모습이 보였다.

모두 피했음을 확인한 운송자가 사형을 바라보며 외쳤다.

"사형! 동굴로 피하십시오!"

"으음!"

구곡유마의 쌍장을 피해낸 흑의창협이 운현자의 어깨를 잡아채어 뒤로 밀었다. 합공의 와중에 다른 누구도 아닌 흑의마협이 자신을 공격할 줄은 몰랐던 운현자가 주르륵 밀려났다.

"무학이 더 고강한 사람이 살게!"

그 순간, 구곡유마가 손을 기이하게 떨치더니 양손을 합장하듯 모아 아래로 내려찍었다. 흑의창협이 왼쪽 팔로 그것을 막아 세우며 오른손에 든 창을 내질렀다.

흑의창협의 몸에 가려진 탓에 그의 창이 공격하고 있음을 알아채지 못한 구곡유마가 신이 난 듯 미소를 지었다.

"잠깐만! 신 대협!"

"가게! 가서 내 대신……!"

흑의창협의 왼팔과 구곡유마의 쌍수가 충돌하자 우둑 소리와 함께 흑의창협의 팔이 직각에 가깝게 꺾였다. 구곡유마의 쌍수는 팔과 더불어 그의 머리까지 반으로 으깨 버렸다.

하지만 흑의창협의 장창 역시 구곡유마의 심장을 꿰뚫은

후였다. 그렇게 동귀어진한 흑의창협과 구곡유마가 맞절을 하듯이 서로에게 몸을 기대며 무릎을 꿇었다.
"흑의창협."
운현자가 눈을 지그시 감았다. 일행의 맏형이자 든든한 정신적 지주였던 흑의창협이 결국 죽음을 맞고 만 것이다.
잠시 그렇게 앉아 있던 운현자가 몸을 일으켰다.
"……."
흘끔 흑의창협의 시신을 돌아본 운현자가 차가운 얼굴로 몸을 돌려 동굴로 달려갔다. 운송자는 이미 종리 가족과 곽삼을 무사히 데려다놓고 애타게 그를 기다리고 있었다.
운현자가 경공을 펼쳐 동굴에 도착했을 때였다.
포물선을 그리며 사람 한 명이 날아오더니, 마치 운석이 떨어진 듯 커다란 구덩이를 만들며 바닥에 처박혔다.
곧이어 어느 여인의 비웃는 소리가 사방에 울려 퍼졌다.
"소검신이라더니 이게 뭐람?"
"천애검협?"
바닥에 처박힌 것은 다름 아닌 천애검협 진소량이었다.
벌써 수십, 아니, 수백 명의 마인을 놓쳐 버린 소량이 뒤늦게나마 흑수촌의 백성들에게로 찾아온 것이다.

자리에서 힘겹게 일어난 소량이 고개를 들고 주위를 둘러보았다. 동굴의 입구에서 운현자가 버럭버럭 고함을 질렀다.

"이쪽! 이쪽으로 오시오, 천애검협!"

멀찍이 떨어져 있었지만, 운현자는 소량의 상태가 멀쩡하지 않음을 확신할 수 있었다. 그의 안색은 창백하기 짝이 없었고, 입가로는 피가 주르륵 흘러내리고 있었다.

수많은 자상을 입었는지 전신이 혈인이나 마찬가지다.

운현자가 다시 한 번 고함을 질렀다.

"이쪽으로 피하란 말이오, 천애검협!"

소량은 대답 대신 눈을 질끈 감았다. 마인들의 시신과 현무당원들의 시신이 한데 어우러진 것을 발견한 것이다. 동굴 안으로 진입한 백성들을 구하기 위해 목숨을 바친 것이리라.

"진 대협! 이쪽으로 오세요! 동굴을 무너뜨리면 혈마곡의 마인들도 추적하지 못할 거예요! 어서 이쪽으로!"

동굴 안에서 초조하게 서 있던 제갈영영이 손을 휘저었다.

소량은 동굴을 흘끔 보고는 고개를 저었다.

그에게는 아직 무서운 추적자가 남아 있는 것이다.

"한번 들어가 보지그래? 나는 가만히 있을게."

음마존이 교소를 터뜨리며 소량을 조롱했다. 소량이 이를 악물더니 내력을 가득 끌어모아 태룡도법을 펼쳐 나갔다.

쿠르릉!

태룡도법에 부딪히자 동굴의 입구가 단숨에 무너졌다.

第八章
마채화(馬菜花)

1

치익—

 운현자가 소매에서 화섭자를 꺼내어 부러진 나무조각이나 찢어진 옷을 모아 만든 횃불에 불을 붙였다. 동굴 안에 매캐한 연기가 감돌긴 했지만 빛 한 점 없는 것보다는 나으리라.

 횃불을 만들 거리들을 구해 백성들에게 맡겨놓은 사람은 다름 아닌 제갈영영이었다. 지금 그녀는 눈물을 애써 참으며 무너진 동굴의 입구를 바라보고 있었다.

 '진 대협…….'

언뜻 보아도 천애검협은 많이 다친 상태였다. 혈마곡의 마인 중에 삼천존의 경지에 이른 괴물이 있다는 말이 사실이라면 천애검협의 목숨은 장담할 수 없는 셈이다.

당장에라도 입구를 헤치고 뛰쳐나가고 싶은 욕망이 일어났으나, 제갈영영은 이를 악물고 그것을 참아냈다.

'진 대협이라면 여기서 결코 물러나지 않았을 거야.'

제갈영영이 운현자에게로 시선을 돌렸다.

흑수촌에서는 그들을 원망하고 심지어 화를 내기도 했던 제갈영영이었으나 지금은 미안하고 괴로운 마음밖에 없다.

이제 남은 것은 운현자와 운송자, 유현승과 자신뿐.

'이제 우리 차례야.'

제갈영영이 작은 주먹을 움켜쥐고 이를 악물었다.

운현자는 혼란스러운 시선으로 백성들을 바라보고 있었다. 어째서인지 작은 횃불을 움켜쥔 백성들이 슬픔과 불안감을 담은 얼굴로 주저앉아 있는 모습에서 눈을 뗄 수가 없다.

문득 운현자의 머릿속에 무류검이 떠올랐다.

무류검은 백성들이 소로 안에 진입할 시간을 벌어주기 위해 싸우다 목숨을 잃었다. 그가 처음 현무당에 입당했을 때를 회상하던 운현자가 멍한 얼굴로 눈을 돌렸다.

곽삼이 쪼그려 앉아 얼굴을 감싸 쥔 채 흐느끼고 있었다. 장부의 슬픔을 같이 겪었기에 장예화는 그를 위로하지도 못하고 옆에 앉아서 아기의 얼굴을 바라볼 뿐이었다.

장예화는 여태껏 임종호를 협사님이라 부르던 곽삼이 마침내 그를 형님이라고 불렀다는 것을 기억해 냈다.

"아가야, 백부님이 죽었어……."

장예화가 울음을 터뜨리며 중얼거리자 운현자가 눈을 질끈 감았다. 임종호는 곽삼 내외를 지키기 위해 죽어가면서도 마인의 발을 놓지 않았다. 아니, 죽어서도 놓지 않았다.

그 옆에서 종리 부인과 종리율이 우는 계집아이들을 달래는 소리가 들려왔다. 그들을 지키려 했던 질풍권사와 선풍기협의 얼굴이 떠오른 것은 당연한 일이라 할 수 있었다.

한 명씩, 한 명씩 그렇게 백성들을 지키다 목숨을 잃었다.

"으앙, 으아앙!"

앙앙 울던 종리혜가 문득 운현자를 돌아보았다. 불안해하는 그녀의 얼굴을 보자 운현자의 눈에 빛이 돌아왔다.

아직 도피행은 끝나지 않았다.

마채화(馬菜花) 241

'한 명도, 한 명도 죽게 하지 않겠소, 흑의창협.'

흑의창협은 죽기 직전 운현자를 밀쳐냈다. 살날이 더 남았으니 자네가 살아남으라고 말하는 대신, 무공이 더 고강하니 자네가 살아남으라고 말했다. 그 의미가 무엇이겠는가!

"운현 사형."

그때, 운현자의 옆에 있던 운송자가 나직한 목소리로 그를 불렀다. 운송자의 표정 역시 제 사형만큼이나 딱딱했다.

"예전에 천애검협이 화를 냈던 이유를 알 것 같습니다."

얼마 전, 천애검협이 대승을 축하한다는 말에 무엇이 축하할 일이냐며 분노를 터뜨린 적이 있다. 그때는 그의 말을 이해하지 못했는데 지금은 뼈저리게 이해할 수 있을 것 같다.

"지금 누가 저에게 혈마곡의 마인들의 손에 살아남았으니 축하한다고 한다면… 화가 나서 참지 못할 것 같습니다."

운현자의 눈에는 눈물이 가득 고여 있었다.

운현자가 쓰게 웃으며 사제의 어깨를 두드렸다.

"출발하자. 아직 끝난 것이 아니야."

운현자의 말이 끝나자 백성들의 시선이 한꺼번에 그에게

로 향했다. 달리느라 지친 백성들에게 휴식을 선언했던 운현자가 다시금 출발을 논하는 것이다.

운현자가 고개를 끄덕이자 백성들이 지친 몸을 추슬러 자리에서 일어났다. 운현자는 선두로 제갈영영을 세우고, 유현승과 운송자를 좌우에 배치하고는 본인이 후방에 섰다.

피난 행렬이 천천히 동굴을 헤치고 나아갔다.

동굴은 눅눅했으며 또한 어둡고 고요했다.

처음엔 횃불이 꺼질 때마다 새로 불을 붙였으나 반 시진 가량이 지나자 준비한 재료들이 모두 떨어지고 말았다. 백성들은 남은 횃불 부근에 옹기종기 모여 함께 걸음을 옮겼다.

동굴은 한 시진 반을 걸어가서야 빛을 보여주었다.

동굴의 끝에 이르자 운현자는 다시 한 번 백성들에게 휴식을 취하게 하고는 운송자와 함께 나가 밖을 정찰했다.

울창한 숲 사이로 관도처럼 길이 나 있을 뿐, 혈마곡의 마인들은 보이지 않았다.

"잠깐! 잠깐만요, 사형! 저기를 보세요!"

그때, 운송자가 하늘을 가리키며 손가락을 휘저었다. 그를 쫓아 시선을 돌린 운현자가 넋을 잃은 듯한 표정을 지었다.

오래 지나지 않아 운현자의 얼굴에 미소가 어렸다.

하늘에 푸른 연기가 피어오르고 있었다.

"청연(靑煙)! 청연이로구나."

사천에서 푸른 연기는 청성파를 뜻하는 것이었다.

다급히 전해야 할 일이 있을 때에만 사용하는 연락책인데, 낮에는 연기를 피우고 밤에는 불꽃을 사용하는 것이다.

"홍연(紅煙)에 흑연(黑煙)까지 있습니다!"

붉은색 연기는 청성파 중에서도 일검자를 상징한다. 무림맹에 있을 줄 알았던 일검자가 사천으로 돌아온 것이다.

가장 반가운 것은 검은색 연기였다.

"삼천존! 누구인지는 모르겠으나 삼천존께서 와 계십니다!"

"종무선(宗武善)……."

운현자가 누군가의 이름을 읊조리며 눈을 지그시 감았다.

운현자는 흑수촌으로 돌아온 열두 명의 현무당원 중 세 명을 차출하여 청성과 아미, 당가로 보냈다. 다른 이들은 중간에 혈마곡의 마인들을 만나 목숨을 잃었지만, 청성으로 향했던 현무당원, 종무선만큼은 임무에 성공할 수 있었다.

문제는 청성파가 현무당과 흑수촌민들이 어디로 탈출할 것인지 모른다는 점이었다. 청성파는 즉시 제자들을 파견해 혈마곡의 마인들을 감시했고, 그 결과 얼마 전부터 마인들이 동북쪽으로 이동하고 있다는 것을 알아낼 수 있었다.

 청성파는 청해의 동북쪽에서 사천으로 향할 수 있는 모든 길을 샅샅이 뒤졌다. 지금도 그들은 동북쪽에서 가장 가까운 곳에 진을 차려놓고 현무당을 기다리는 중이었다.

 "저기까지만 가면 살 수 있습니다! 삼천존께서……."

 운송자가 희망찬 목소리로 외칠 때였다.

 멀리서 북이 울리는 듯한 소리가 울려 퍼졌다.

 쿵, 쿵—

 운현자와 운송자가 동시에 뒤를 돌아보았다.

 동굴이 있는 산 너머에서 수많은 사람이 고함을 지르는 소리가 들려오더니, 수백 명의 마인이 모습을 드러냈다. 마인들이 들고 있는 병장기가 햇빛을 받아 번쩍거리는 것을 본 운현자의 표정이 어두컴컴하게 변해갔다.

 그들이 경공을 펼쳐 덤벼든다면 어떻게 될까?

 일행 모두가 단숨에 죽음을 맞게 되리라.

 "당장 백성들을 연기가 피어나는 곳으로 데려가!"

운현자가 벼락처럼 고함을 지르자 운송자가 다급히 경공을 펼쳐 동굴로 향했다. 오래 지나지 않아 흑수촌의 백성들이 창백하게 질린 얼굴로 동굴 밖으로 뛰쳐나왔다.
"달리시오! 지금 당장 달리란 말이오!"
운송자가 백성들에게 달려오며 고함을 질렀다.
"제갈 소저와 현무당원들은 흩어져 백성들을 호위하시오! 만약 일행이 갈라지게 된다면 운송과 제갈 소저가 백성들을 보호하고 유현승은 나와 함께 나서야 할 것이오! 만약 유현승과 내게 문제가 생기면 그때는 운송, 네 차례다!"
백성들이 죽어라고 달음박질치자 운현자가 산등성이로 시선을 돌렸다. 수많은 마인이 마치 누군가에게 쫓기는 것처럼 아래로 내려오고 있었다.
운현자가 절망 속에서 몸을 부르르 떨었다.
이제 거의 다 왔는데, 조금만 더 가면 백성들을 구할 수 있는데! 여기까지 와서 모두가 죽음을 맞는다면 백성들을 구하려고 제 목숨을 바친 동도들은 뭐가 되는가!
하늘에 대고 욕이라도 하고 싶은 기분이었다.
콰콰쾅!
그 순간, 한 줄기 강기가 일어나 마인들의 머리 위를 덮쳤다. 절망에 빠져 있던 운현자가 눈을 휘둥그레 떴다.

"태룡도법?"

천애검협은 아직도 죽지 않았다. 아니, 죽기는커녕 오히려 흑수촌의 백성들을 구하려 달려오고 있었다.

아직 희망은 남아 있었다.

"잠시만! 제발 잠시만 막아주시오, 천애검협!"

운현자가 애절하게 외치며 경공을 펼쳤다.

아무리 태룡도법라 해도 모든 마인을 제압할 수는 없다. 선두에 선 마인들은 여전히 달음박질치는 중이었다.

달려가는 백성들을 따라잡은 운현자가 곽삼 내외에게 달려가 낚아채듯 장예화를 안아 들었다. 유현승은 아기를 제외하고는 가장 나이가 어린 종리혜를 안아 들고 있었다.

수백 명의 마인이 서른 명 남짓한 흑수촌민을 쫓아가는 모습은 그야말로 장관이라 할 수 있었다. 마인 수백 명 사이에서 빛살과 폭음이 일어나기까지 하는 것이다.

"꺄아악!"

"아버지! 어서!"

마인들이 바로 뒤까지 다가오자 달려가던 백성들이 뒤를 흘끔흘끔 돌아보며 비명을 토해내었다. 절망 어린 운현자의 얼굴에 다시 한 번 굳은 결의가 깃들었다.

'한 명도 죽게 놔두지 않으리라!'

운현자가 장예화를 바닥에 내려주고는 검을 뽑아 들며 뒤를 돌아보았다. 가장 선두에 선 마인이 사이하게 웃으며 운현자의 목에 검을 찔러 넣었다.
 그 순간, 운현자를 공격하던 마인의 머리가 사라졌다.
 서걱!
 "이, 이런!"
 운현자가 눈을 부릅뜨며 앞으로 달려나갔다. 마인의 목을 베어버린 사람은 다름 아닌 천애검협이었는데, 그는 바닥에 착지하자마자 연신 피를 토해내고 있었던 것이다.
 "쿨럭, 쿨럭!"
 "괜찮으시오, 천애검협?"
 연신 피를 토해내던 소량이 지친 얼굴로 고개를 들었다.
 "…가시오."
 소량의 말이 끝나기가 무섭게 어느 이름 모를 마인 한 명이 도를 휘둘렀다. 소량은 검을 마주치자마자 마인의 좌측으로 흘러가더니, 곧바로 검을 회전하여 마인의 목을 베어버린다.
 그동안 몇 명의 마인이 소량을 스쳐 지나갔다.
 소량이 지나간 마인들을 흘끗 보고는 신음처럼 외쳤다.
 "곧 따라갈 테니 어서 가시오!"
 "부탁하겠소이다!"

운현자가 눈을 질끈 감고 신형을 날렸다. 천애검협이 죽어가고 있다는 것은 알고 있지만 그를 도울 여력이 없다. 천애검협이 놓친 마인들이 백성들을 습격하기 전에 달려가야 했다.

 한편, 현무당원 유현승은 최악의 상황에 빠져 있었다.

 현무당주 운현자가 장예화를 내려놓고 사라지자 자연스럽게 후방을 방비하게 된 것이다. 품에 안긴 종리혜는 울다 못해 지친 얼굴로 혼절에 빠져 있었다.

 그것만으로도 미쳐 버릴 것 같은데 어느새 마인들이 나타나 목을 겨누기까지 한다. 유현승은 종리혜를 내려놓고는, 있는 힘껏 육합검(六合劍)을 펼쳐 나갔다.

 마인들에게 그것은 가소롭기까지 한 일이었다.

 이중에 검기를 뿜어내지 못하는 마인이 없는데, 검기는커녕 고작 육합검이라니 비웃지 않을 수가 없는 것이다.

 유현승이 팔방으로 검을 펼쳐내자 웃음소리가 더 커졌다.

 턱—

 유현승의 왼쪽 팔뚝이 바닥에 툭 떨어졌다. 놀랍게도 유현승의 팔뚝에서는 피 한 방울 배어나오지 않았다.

 "하하하! 거기가 빈틈이었느니라. 저승에서 보완해 보렴."

유현승이 비틀거리더니 재차 공격을 시도했다.

이번에는 유현승의 옆구리에 검이 관통했다.

"옆구리도 보호했어야지."

유현승이 털썩 주저앉자 그의 옆구리를 관통시킨 귀견수라(鬼犬修羅)가 빈정거리며 그를 스쳐 지나갔다. 귀견수라는 만족스러운 얼굴로 기절한 종리혜를 훑어보았다.

"어린 나이지만 미색이 곱… 어?"

귀견수라가 의아한 얼굴로 허벅지를 내려다보았다.

유현승이 말리듯 그의 허벅지를 잡은 채 죽어 있었다.

귀견수라가 귀찮다는 듯 유현승의 손목을 잘라내었다.

"쯧! 성가시게스리."

"유현승!"

귀견수라가 혀를 차는 것과 동시에 그의 뒤에서 운현자가 나타났다. 귀견수라가 놀라 뒤를 돌아보기도 전에 운현자의 검이 귀견수라의 심장을 쿡 찌르고 사라졌다.

"크, 크흐으."

귀견수라가 무릎을 털썩 꿇으며 신음을 토해냈다.

몇몇의 마인이 그런 귀견수라를 보고 웃음을 터뜨렸다.

"멍청하게 저렇게 지친 사람에게 당하다니!"

유현승의 시신을 내려다보던 운현자가 눈물이 고인 얼굴로 주위를 둘러보았다. 운송자의 모습도, 제갈 소저의 모습도, 다른 백성들의 모습도 보이지 않는다.
 그들은 살았을까, 아니면 죽었을까.
 '살았겠지? 그래, 살았을 거야.'
 운현자가 혼란스러운 얼굴로 아랫입술을 짓씹었다.
 "이제는 아예 넋을 놓고 있군그래!"
 운현자가 이번엔 마인들을 돌아보았다. 언뜻 보아도 소로에서 싸웠던 마인들만 한 고수들이 열네 명이나 있다.
 운현자가 얼음장처럼 차가운 얼굴로 검을 움켜쥐었다.
 "한 발짝도 지나갈 수 없다."
 "흐흐흐! 그럴 수 있을까?"
 마인들이 호탕하게 웃으며 운현자에게로 달려들었다.
 운현자가 호리궁(狐狸弓)이라는 마인이 쏟아낸 화살을 쳐내자마자 흉소살검(凶笑殺劍)이 뛰어든다.
 운현자가 송풍검법으로 그것을 막아내고 나면 오독지(五毒指)가 지풍을 날린다.
 운현자의 검로 역시 혼란스럽게 변해갔다. 송풍검법이 적하검결로, 적하검결이 칠십이파검으로 변화해 간다.
 검을 들지 않은 손으로는 추운권(追雲拳)을 펼치고 다리로는 임허빙풍의 보법을 밟는다.
 핏, 피핏—
 허벅지와 어깨에서 동시에 피가 튀었지만 결코 운현자는

결코 종리혜의 앞에서 물러나지 않았다. 아니, 물러나기는
커녕 오히려 운현자가 마인들을 몰아세우고 있었다.
 운현자는 무심결에 사백인 일검자의 검로를 떠올렸다.
 본래의 무학이 너무 음유하다며 양강의 무학을 취하긴
했으나 청성파 무공이 어디 가는 것은 아니었다.
 일검자가 칠십이파검을 펼치면 천지를 다 뒤덮을 듯 강
맹하게 기세가 쏟아지지만, 파도가 중첩되고 중첩되다 보
면 어느새 처음으로 돌아가 있다.
 처음부터 시작해 끝으로, 끝은 다시 시작으로 끊이지 않
고 이어지니 능히 원융(圓融)이라 할 만하다.
 '원융, 원융이라!'
 운현자의 검이 면면부절(綿綿不絶)하게 이어져 오독지의
목을 베어내었다.
 흉소살검이 코웃음을 치며 운현자의 검을 쳐 냈지만 이
전과 달리 그를 상처 입히진 못했다.
 우우웅—
 운현자의 검기가 짙어지더니 마침내 강기로 변해간다.
생사의 간극에서 운현자는 검기성강의 경지에 이른 것이
다.
 그러나 거기까지였다.
 모든 내력을 소모했을 뿐 아니라 진원지기까지 소비한

운현자였다. 소량처럼 일부만 사용한 것이 아니라 검기성강의 경지에 이르는 동안 모든 진원지기까지 써버린 것이다.

쐐애액!

호리궁의 화살이 운현자의 옆구리를 관통했다.

그 틈을 놓치지 않고 흉소살검이 별호에 걸맞은 미소를 지으며 운현자의 폐를 찔렀다.

순식간에 검기성강의 경지에 오르는 것을 본 호리궁은 화살을 한 대가 아니라 일곱 대를 쏘아대는 중이었다.

"끅, 꾸르륵."

운현자가 거칠게 숨을 몰아쉬었다. 호흡 소리 대신 꿀럭꿀럭 무언가가 솟아오르는 소리가 들려왔다.

화살이 운현자의 목을 꿰뚫은 바람에 피가 솟구친 것이다.

화살 일곱 대를 몸으로 막고, 옆구리에 관통상을 입은 데다 허파에 구멍이 뚫린 운현자가 천천히 몸을 돌렸다.

운현자가 졸린 듯한 눈으로 종리혜를 바라보았다.

종리혜에게는 단 하나의 상처조차 없었다.

털썩—

운현자가 무릎을 꿇고 고개를 떨어뜨렸다. 몸을 일으켜 보려고, 더 싸워보려고 했지만 몸이 일으켜지지 않는다.

죽을힘을 다해도 고개를 들어 올리는 게 전부였다.
'백성들은 살아남았을까?'
현무당원들이 하나하나 죽어가면서 지킨 목숨들이다.
그들은 살아남았을까, 아니면 죽었을까.
운현자가 멍하니 종리혜를 바라보며 생각했다.
'저 아이는 살아남을 수 있을까?'
운현자의 눈에서 눈물이 한 방울 떨어졌다.
'반드시 지켜주겠다고 약속했는데…….'
더 이상 고개를 들 힘도 없었던 운현자가 다시 고개를 떨어뜨렸다. 바닥에 꽃이 한 송이 피어 있는 것이 보였다.
언젠가 종리혜가 꺾어주었던 마채화였다.
종리혜의 앞에서 무릎을 꿇고 있던 운현자가 손을 뻗었다. 언젠가 아이에게 받았던 것처럼 꽃을 꺾어주려는 듯했다.
하지만 안타깝게도 그의 손은 꽃에 가 닿지 못했다.

2

흑수촌의 백성들은 숲의 끝을 넘어 작은 평야에 다다른 상태였다.
지친 사람이 생기면 운송자와 제갈영영이 나서서 직접

업고 뛰었기에 지금까지 낙오된 사람은 없었다.

하지만 피난 행렬의 속도는 한층 늦어져 있었다.

지금까지 내내 달음박질쳐 왔던 백성들은 지칠 대로 지쳐 평소의 속도도 낼 수 없었던 것이다.

일행이 평야에 다다르자 제갈영영과 운송자는 행렬의 후방으로 향했다. 시야가 트여 길을 인도할 필요가 없으니 선두에 설 필요도 없었다.

"제기랄, 제기랄!"

뒤처져 걷던 운송자가 도호 대신 욕설을 내뱉었다. 백성들을 구할 수 있을지도, 뒤에 남겨진 동료들의 생사도 불투명하기 짝이 없으니 마음이 조급해지지 않을 수가 없는 것이다.

함께 걷던 제갈영영은 피난 행렬의 중간에서 넘어진 사람을 발견하고는 그쪽으로 달려가는 중이었다.

"종리 부인. 조금만, 조금만 더 버텨요."

종리 부인은 제갈영영의 부축을 받고도 넋을 잃은 표정으로 주저앉아 있을 뿐이었다. 종리 부인의 옆에 있던 종리율이 아이처럼 엉엉 울며 제갈영영에게 말했다.

"혜아가……."

"종리혜? 혜아가 왜?"

제갈영영이 의아한 얼굴로 종리율을 바라보았다.

항상 제갈영영만 보면 욕설에 가까운 험담을 하고 다른 무인이 주는 음식은 먹어도 그녀가 주는 것은 쳐다보지도 않던 종리율이 제갈영영의 옷자락을 잡아당기며 울음을 터뜨렸다.

"혜아가 없어요, 혜아가. 운헌 협사님이 대신 안고 달려갔는데 없어졌어요. 흑, 흐흑. 구해주세요, 제발……."

종리혜가 낙오되었다는 것을 지금까지 알아채지 못했던 제갈영영이 아랫입술을 깨물었다.

제갈영영의 뒤를 쫓아왔던 운송자가 어두운 얼굴로 눈을 지그시 감았다. 남아 있는 무인은 운송자 자신과 제갈영영, 단 두 명뿐이다. 그리고 그 두 명은 절대 움직일 수 없다.

낙오된 한 명 때문에 전체를 위험에 빠뜨릴 수는 없다.

"아니, 구할 수 없소."

"구해주세요, 지금까지 제가 다 잘못했어요. 구해주세요."

종리율이 무릎걸음으로 운송자의 발치에 엎드렸다.

"지금 구하러 가면 나머지 백성들을 구할 수 없소."

종리율이 자리에 주저앉아 울음을 터뜨렸다.

운송자가 길게 한숨을 내쉬며 그녀의 팔을 잡았다.

"일어나시오. 언제 적이 찾아올지 모르오."

"언니가 미안해, 혜아야. 언니가 미안해."
"일어나라고 하지 않소!"

운송자가 신경질적으로 종리율을 일으켰다. 그녀의 아픔을 생각하면 화를 내고 싶지 않았지만 강하게 나가지 않으면 이대로 주저앉아 마인들이 올 때까지 울음만 터뜨리리라.

"여기 있다가는 죽게 돼! 네 어머니께 딸 셋 모두를 잃는 상처를 줄 참이냐? 당장 일어나!"

종리율이 멍한 표정으로 그런 운송자를 바라볼 때였다.

어디선가 멀찍이서 고함 소리가 들려왔다.

운송자의 귀에는 너무나 익숙한 고함 소리였다.

"운송! 운송이 아니냐?"

운송자가 눈을 휘둥그레 뜨며 뒤를 돌아보았다.

평야 끝에서 일단의 무인이 모습을 드러내고 있었다. 하나같이 푸른 득라의를 걸친 무인들이었는데 적지 않은 무공을 가졌는지 평야를 가로지르는 속도가 쾌속하기 짝이 없다.

그들은 다름 아닌 청성파였다.

일단의 무인 중 가장 먼저 다가온 사람은 청성파의 무인이 아니라 시골 농부 차림을 한 어느 노인이었다. 노인은 백성들을 보고도 멈춰 서지 않고 계속 신형을 날렸다. 그

속도가 어찌나 쾌속한지 얼굴조차 제대로 확인할 수 없을 지경이다.

그다음으로 당도한 것은 청성파의 일검자였으나, 그 역시 백성들을 지나치기는 마찬가지였다.

곧이어 청성파의 장문인인 일선 도인(日善道人)과 몇 명의 장로, 일대제자들과 이대제자들이 당도했다.

"살아남았구나. 운송아, 살아남았어!"

일선 도인이 반가움 가득한 얼굴로 외쳤지만 운송자는 대답하지 않았다. 일선 도인이 재차 질문을 던졌다.

"어떻게 된 게냐? 네 사형은 어디 있어? 현무당은?"

"청해성 흑수촌에 혈마곡이 습격했으나 천애검협이 오히려 그들을 전멸시켰습니다. 그 직후 현무당은 흑수촌의 백성들을 데리고 도주했고 모두 구출… 아니, 한 명을 제외하고 모두 구출했습니다. 하지만 천애검협, 운현 사형, 현무당원 유현승이 아직도 교전 중이고 구출하지 못한 한 명은 생사도 모릅니다. 빨리, 빨리 구해야 합니다!"

운송자가 넋이 나간 사람처럼 외쳤다. 비로소 상황을 파악한 일선 도인이 다급한 어조로 명령을 내렸다.

"이대제자들은 남아서 백성들을 보호하고, 일대제자 이상은 숲으로 진격하라! 장로들이 나뉘어 제자들을 통솔하시오!"
 말을 마친 일선 도인이 빠르게 신형을 날렸다.
 그 뒤를 쫓아 청성파의 문도들이 움직이기 시작했다.

第九章
능하선검(綾河仙劍)

1

 음마존 소요설(蘇妖雪)은 본래 사천 사람으로, 본명은 소윤효(蘇玧孝)라 했다. 그녀의 성정은 어릴 때부터 기괴했는데 작은 짐승을 죽인 후 즐겁게 웃음을 터뜨리곤 했다고 한다.
 그녀가 살던 소가촌(蘇家村)에 도적떼가 들어 일가친척을 몰살시켰을 때도 마찬가지였다. 소윤효는 부모의 죽음에도 두려워하기는커녕 오히려 신기하다는 듯 눈을 반짝거렸다.
 본래대로라면 소윤효도 그때 죽었을 것이지만, 단주는 지금도 그렇지만 훗날엔 더욱 절색(絶色)이 될 것이라며 그녀를 살려주고는 그로부터 사흘 뒤 반항하는 그녀를 강간했다.

그녀를 취한 도적단의 단주는 우물(尤物)이라며 크게 감탄을 터뜨렸다. 수하들이 호기심을 드러내면 자신이야말로 천하에서 제일 밤을 기다리는 남자라고 떠벌이기도 했다.

수하들의 입에서 입으로 소문이 퍼져 나갔다.

그것이 그녀의 운명을 뒤바꾸어 놓았다. 전대의 음마존이었던 신준욱이 소문에 관심을 갖기 시작했던 것이다.

신준욱은 그 길로 도적단을 찾아와 전멸시켰고 피 위에서 소윤효를 취했다.

그리고 그녀를 제자로 삼아 음양흡정대법(陰陽吸精大法)을 가르쳤다.

나날이 성장한 소윤효는 어느 날인가의 잠자리에서 신준욱의 정기마저 취하려 들었다. 그리고 한바탕 색투(色鬪) 끝에 승리하여 마침내 음마존이라는 이름을 계승했다.

소윤효라는 이름을 소요설로 바꾼 것도 그때였다.

"제법이긴 한데, 침상 위였다면 더 좋았을 걸."

그녀는 조금 떨어진 곳에서 소량을 바라보고 있었다.

근 세 시진을 싸우고 있는데도 천애검협은 아직 쓰러지지 않았다. 앞에서는 마음껏 조롱했지만 그녀는 내심 태허일기공의 현묘함에 연신 감탄을 토해내는 중이었다.

처음 천애검협을 봤을 때는 사실 그녀도 약간 실망했었다.

혈마곡의 마인들을 막고 있던 천애검협은 염혼신장(焰魂神掌)을 겨우 피해내고는 식은땀을 흘렸다. 척 봐도 내상이 심해 보였기에 그녀는 별 관심 없이 그를 죽이려 했었다.

그 마음은 천애검협이 살기를 드러냈을 때에 달라졌다.

"혈마께 보고해야겠는걸."

그녀가 혓바닥으로 입술을 한 차례 쓸며 중얼거렸다.

"천애검협을 마인으로 만들 수 있단 걸 아시면 얼마나 기뻐하실까? 아아, 어쩌면 다시 한 번 품어주실지도 몰라."

살기를 드러낸 천애검협은 그 대단하다는 태허일기공의 전인이 아니라 혈마의 후계자가 된 것 같았다.

아직 덜 여물긴 했지만 혈마보다 더한 마인이 될 자질을 보인 것이다.

문제는 천애검협이 살기를 다스리려 한다는 점이었다. 살기나 마기를 한번 접하면 벗어나기 어려운 것이 사람인데 천애검협은 놀랍게도 조금씩 그것을 조절하고 있었던 것이다.

그때부터 그녀의 손속이 약간 덜해졌다.

그녀는 천애검협을 죽이기보다는 도발하고자 했고, 일부러 교태를 부리거나 조롱하여 그의 심기를 건드렸다.

능하선검(綾河仙劍)

천애검협은 조금씩 그녀의 계산대로 움직였다.
"으음?"
그때, 그녀의 얼굴이 이상하게 구겨졌다.
산마루에 자리한 동굴에서 백성들을 만났을 때부터 이상하더니, 점점 더 천애검협의 살기가 줄어가기 시작한 것이다.
천애검협을 관찰하던 그녀가 아랫입술을 질끈 깨물었다.
"이미 쌀이 익어 밥이 된 줄 알았는데……."
음마존이 말하자 사방이 싸늘하게 얼어갔다.

소량은 거칠게 숨을 들이켜고 있었다. 머리가 몽롱해서 자신이 무엇을 하는지도 알 수가 없었다.
'사지에서 조금씩 감각이 없어진다.'
백성들이 안전해질 때까지는 싸우기 위해 내력을 조절하고 있었으나, 이젠 남은 공력이 얼마나 되는지도 모르겠다.
소량은 지친 듯 눈을 끔뻑거렸다.
음마존을 만난 후부터 소량은 끊임없이 도주를 계속했다. 음마존의 내공은 그야말로 경천동지할 만한 것으로, 단순히 내공으로만 따지자면 검마존이나 도마존보다도 월등했다.
소량은 그녀를 상대하는 대신 피한 후 마인들을 죽이고

자 했다. 음마존이 '다른 무엇보다 백성들부터 죽이라'고 명령했으니 어떻게든 마인들이 가지 못하게 막아야 했다.

그때부터 악순환이 계속되었다.

소량이 마인들에게로 달려가면 그녀가 찾아오고, 그녀를 피해 도망치면 마인들이 다시 진격을 시작하는 것이다.

문제는 그런 와중에서도 살기를 다스려야 한다는 점이었다. 소량의 심정을 알고 있었던 그녀는 고양이가 쥐를 가지고 놀 듯 소량을 조롱하고 또 도발했다.

그녀가 놓친 마인들의 숫자를 이야기해 줄 때나 백성들을 찢어 죽이는 몇 가지 방법에 대해 설명했을 때, 소량은 도주하는 것조차 잊고 그녀에게 덤벼들 뻔했다.

"후우, 후우—"

소량이 길게 호흡을 고르며 마인들을 돌아보았다.

가장 무학이 약한 마인들마저도 검기를 일으킬 수 있는 고수고 뛰어난 자들은 강기를 아무렇지도 않게 다룬다.

그런 마인들이 오십 넘게 자리해 있다.

지금은 소량의 무위에 질려 머뭇거리고 있었지만, 소량이 지친 것을 알고 있었기에 그들은 연신 기회만 엿보고 있었다.

'백성들은 무사할까······.'

흑수촌에서처럼 살기에 휘말리지 않을 수 있었던 것은,

능하선검(綾河仙劍) 267

역설적이지만 현무당의 희생을 보았기 때문이었다.
 살기에 휘말리는 순간 현무당의 희생 따위는, 백성들 따위는 잊어버리고 오로지 싸우려고만 할지도 모르겠다는 자각이 흩어지는 이성을 잡았던 것이다.
 현무당원 한 명, 한 명의 시체를 볼 때마다 태허일기공이 모두 죽이라고 살기를 뿜어댔지만 그랬다가는 흑수촌의 백성들이 목숨을 잃는다는 생각이 이성을 다잡았다.
 '순응의 검······.'
 소량이 눈을 반개한 채 검을 들어 올렸다. 백회가 열려 있다는 것은 스스로도 이미 알고 있었다. 자신의 기운은 나가지 않고 천지간의 기운은 들어오지 않는다는 것이 문제일 뿐.
 순응의 검을 얻으려면 천지사방과 함께 호흡해야 한다.
 소량이 무심결에 태허일기공의 구절을 읊조릴 때였다.
 우우웅—
 어느 이름 모를 마인의 검이 검강을 품고 소량을 내려쳤다.
 소량이 스르르 뒤로 밀려났다가 곧장 앞으로 쇄도했다.
 소량의 검에서 곧 태룡과해가 펼쳐졌다.
 검에서 태어난 한 마리 구불구불한 용이 마인 하나를 물어뜯고는 제 몸통에 닿는 무엇이든 박살을 내버린다.

용이 지나간 자리에는 비가 내린다. 무작위로 내리는 비가 아니라 용이 다스리는 비다. 감히 대항하는 이에게는 빗방울 자체가 용의 진노를 품고 그의 생명을 거두어간다.

 쾅, 쾅, 콰콰쾅!

 끝없이 울려 퍼지던 굉음이 조금씩 사라져 갔다.

 무형검강을 펼칠 만한 내력이 없어 소량은 마지막, 태룡승천의 초식을 펼치지 못한 것이다.

 그 순간, 무언가가 바람을 가르는 소리가 들려왔다.

 쐐애액!

 다섯 자루의 비도가 소량에게로 날아오고 있었다.

 소량이 날카로운 눈으로 비도를 던진 마인을 노려보며 신형을 날렸다. 비도 한 자루, 한 자루가 강기를 머금고 있었으나 소량의 검에 어린 강기를 뚫지는 못했다.

 하지만 마지막 다섯 번째의 비도만은 달랐다.

 푹!

 살에 비도가 박히는 것과 동시에 앞으로 쏘아지던 소량의 신형이 한 차례 크게 비틀거렸다.

 부근에 있던 모두가 경악한 듯 눈을 부릅떴다.

 비도를 던진 십이도마(十二刀魔) 역시 마찬가지였다.

 가벼운 것이라면 몰라도 중상이라 할 만한 상처는 한 번도 입히지 못했는데 마침내 천애검협이 상처를 허용한 것이다.
 "쿠, 쿨럭, 쿨럭!"
 "내상까지!"
 소량이 피를 토해내자 마인들이 탄성을 내뱉었다.
 무심결에 입을 틀어막았던 소량이 손에 묻은 핏물을 물끄러미 내려다보았다. 핏물과 함께 살덩이 같은 것이 함께 나와 있었다. 소량은 그것을 바닥에 버리곤 검을 들어 올렸다.
 '난 죽어가고 있는 거구나.'
 소량이 창백한 안색으로 눈을 끔뻑였다.
 도마존이 입힌 내상은 이제 태허일기공이 원래대로 돌아와도 치유할 수가 없을 정도로 깊어졌다. 그 와중에 음마존에게 서너 번이나 크게 타격을 입었으니 어찌 살기를 바라겠는가.
 '할머니, 한 번만이라도 보고 싶었는데.'
 하지만 소량의 눈엔 여전히 투기가 넘실거리고 있었다. 아직은 죽음을 맞을 때가 아니었다. 흑수촌의 백성들이 무사한 것을 확인할 때까지, 최소한 그때까지는 살아 있어야 한다.
 아직 확신을 가지지 못한 마인들이 소량을 가볍게 공격했다가 빠르게 뒤로 물러났다. 마치 조롱하는 것처럼 말이다.

본래대로라면 그 뒤를 쫓아가 목숨을 거두었겠으나 지금은 공격을 막는 것에 급급했다.

혈마곡의 마인들은 비로소 확신을 가질 수 있었다.

"천애검협도 사람이긴 하구나!"

"놈도 지치지 않을 리가 없지!"

검신이나 소검신이라는 칭호도 이제는 필요가 없다.

마인들은 제 재량껏 소량에게로 달려들었다.

가장 앞서 있었던 탈명마도(奪命魔刀)가 소량의 목을 노리고 도를 휘둘렀다. 얼마 전 도기성강의 경지에 오른 그는 여차하면 뒤로 빠질 요량으로 잔뜩 긴장하고 있었다.

소량이 빠르게 그의 검을 가로막았으나 뒤로 밀린 건 탈명마도의 도가 아니라 소량의 검이었다. 초식의 정교함에서는 소량이 우위에 서 있었으나 내력의 크기에서 밀린 것이다.

탈명마검이 크게 웃음을 터뜨렸다.

"크하하하!"

"하아, 하아—"

소량이 지친 듯 숨을 몰아쉬며 기운을 끌어올렸다. 다만 진원지기만큼은 사용하지 않았는데, 흑수촌의 백성들에게 한 명이라도 더 가지 못하게 하는 것이 목표였기 때문이었다.

능하선검(綾河仙劍) 271

지금 진원지기를 사용한다면 부근의 마인 서른 명은 죽일 수 있겠으나 그것이 끝이다. 걸림돌이 사라진 마인들은 거리낌없이 나아가 흑수촌의 백성들을 도륙하리라.

몽땅 소모할 때까지는 내력만으로 버텨내야 했다.

소량의 검로가 오행검도, 태룡도법도 아닌 기묘한 검초로 변해갔다. 탈명마검이 이제는 검초조차 별 볼일 없다며 자신만만하게 그것을 막아내는 순간, 소량의 검이 잔혈마도의 사사도법처럼 휘더니 불쑥 위로 솟구쳤다.

"크헉!"

탈명마검의 심장에 소량의 검이 꽂혔다.

지칠 대로 지친 소량이 그것을 뽑아 들고 물러났다. 더 이상은 살기조차 일어나지 않았다. 태허일기공이 더 죽이자고 발악하긴 했지만 그만한 기력을 끌어내지는 못한 것이다.

그것은 소량이 지친 까닭이기도 했지만 제갈영영의 덕분이기도 했다. 처음 살기가 충천했을 때, 제갈영영이 다가와 살기를 제압할 단초를 가르쳐 주지 않았다면 어땠을까.

지금도, 아니, 이미 예전에 살기에 취해 버렸으리라.

사실 가장 쉬우면서도 가장 어려운 단계가 바로 그것이었다. 증오할 대상과 그렇지 않은 대상을 파악하는 것 말이다.

원망하고 증오하기 위해 대상을 찾아다니던 당시에 다가온 제갈영영은 죽음을 각오하고 자신이 증오의 대상이 아님을 증명했다.
　살기가 희미하게 남아 있긴 했지만 거의 없는 것이나 마찬가지라 그럴까. 추색혈승(追色血僧)의 혈장을 피해내던 소량이 저도 모르게 입가에 미소를 머금었다.
　'오직 순수한 선의로서, 호의로서, 그리고……'
　수줍은 연정으로 다가옴으로써 제갈영영은 소량에게 살기를 벗어날 단초를 가르쳐 주었다.
　그다음부터는 조금씩 살기를 누를 수 있게 되었다. 팔 할가량 변한 태허일기공이 더 증오하라는 듯 꿈틀거릴 때는 어쩔 수가 없었지만 머지않아 이성을 찾을 수 있었던 것이다.
　그리고 지금.
　죽음의 앞에 선 소량은 마지막 살기마저도 버릴 수 있었다.
　그 자리를 가득 채운 것은 그리움이었다.
　할머니가 보고 싶었고, 무창의 집으로 돌아가고 싶었다. 동생들과 얼굴을 마주하고 시시콜콜한 잡담을 나누고 싶었다. 거기에 더하여 이제는 제갈영영까지 그리워졌다.
　추색혈승의 혈장에 검을 꽂아 넣은 소량이 그 상태로 주르륵 내리그었다. 추색혈승이 비명을 지르며 혈장을 놓아 버리려 했지만 소량이 더 빨랐다. 추색혈승이 오른손이 가로로 갈라진 채 정신없이 뒤로 물러났다.

그것이 마지막이었다.

'이제 끝인가…….'

태허일기공이 만들어준 공력이 완벽하게 사라지자 소량의 얼굴에 쓴웃음이 떠올랐다. 순응의 검은 결국 얻지 못했고, 백성들을 보호할 힘조차도 사라졌다.

'아니, 아직 아니야.'

소량의 눈에 다시금 투기가 차올랐다.

"와라."

"흐흐흐! 허장성세가 대단하시군, 천애검협!"

반월도마(半月刀魔)가 짧게 중얼거리며 앞으로 쇄도했다.

반월도마가 도를 쏟아내는 것을 바라보던 소량이 마침내 진원지기를 끌어올리며 오행검의 수검세를 펼쳐 나갔다.

그 순간, 소량의 백회에 한줄기 물방울이 떨어졌다.

"커헉?!"

반월도마가 정신없이 뒤로 물러나기 시작했다. 갑자기 천지사방의 기운이 옥죄어 오더니 숨이 막히기 시작하는 것이다. 어찌나 당황했는지 이마에서 식은땀이 흐를 정도다.

반월도마는 손을 들어 올려 이마를 닦았다.
"으, 으음?"
손에 땀이 묻어나는 것이 아니라 끈적한 피가 묻어났다.
반월도마가 의아한 얼굴로 무어라고 입을 열 때, 그의 신형이 가로로 쩍하니 갈라지더니 서로 반대 방향으로 쓰러졌다.
"지, 지친 게 아니었나?"
"무형검강! 무형검강이다!"
소량의 검에서 펼쳐진 기운을 이해하지 못한 마인들이 비명처럼 외치며 뒤로 물러났다. 기력이 쇠한 줄 알았거늘 그에게는 아직도 무형검강을 펼칠 내력이 남아 있었던 것이다.
소량도 자신의 검이 무엇을 펼쳤는지 이해하지 못했다.
'이건 도대체······.'
낯설면서도 익숙한 모순적인 감각이었다. 갑자기 귀가 트이기라도 한 것인지 주변의 소리가 밀려들었고, 기감이 날카로워진 것인지 주변을 둘러싼 마인들의 기운이 다 느껴졌다.
멀찍이서 누군가 피를 토해내는 소리가 들려왔다.
"끅, 꾸르륵."
'운현 도장!'

능하선검(綾河仙劍) 275

소량은 대뜸 누가 피를 토해냈는지 알아챘다. 어떻게 알 수 있는지는 스스로도 모르겠지만 말이다. 소량은 운현 도장 앞에 마인이 아닌 누군가 있다는 것까지도 알 수 있었다.
 '어린… 어린 아이?'
 소량의 표정이 급변하는가 싶더니 갑자기 그 모습을 감추었다. 마치 안개가 사라지듯 스르르 사라져 버린 것이다.
 마인들의 입에서 기나긴 침음성이 새어 나왔다.
 "이형환위(移形換位)?"
 "역시 죽여야겠어. 아니, 반드시 죽여야겠어."
 허공에서 갑자기 어느 여인의 목소리가 들려오는 것과 동시에 안개처럼 사라졌던 소량이 바닥에 내팽개쳐졌다.
 "커헉! 쿨럭, 쿨럭!"
 소량의 앞에는 음마존이 서 있었다.

2

 음마존의 얼굴은 형편없이 구겨져 있었다.
 조금만 더 나갔더라면 혈마는 후계자를 얻을 수 있었을 것이다. 태허일기공에 혈마의 무공이 합쳐지면 강호는 마신(魔神)의 등장을 볼 수 있었으리라.

그러나 그렇게 도발하고 조롱했음에도 불구하고 마침내 천애검협은 살기를 털어버렸다. 단순히 그것만이라면 다시 한 번 유혹해 볼 여지가 있겠으나, 천애검협은 살기를 털어버림으로써 본래의 무학을 회복해 냈다.
 본래의 무학이라는 음마존의 추측은 그야말로 정확한 것이었다. 도마존에게 밀렸을 때 소량은 능소에게서 얻은 검을 펼쳐 보인 적이 있었던 것이다.
 '홍! 태허일기공이 대단하긴 하군.'
 실패를 겪은 음마존이 씁쓸한 얼굴로 입맛을 다셨다.
 하지만 미련은 금방 사라졌다. 본래의 무학을 회복하긴 했지만, 본래의 무위는 선보이지 못할 것이다. 내장이 조각 날 정도로 내상을 입었는데 어찌 본래의 무위를 보일 수 있겠는가!
 '그리고 나도 가만 놔둘 생각이 없지.'
 음마존이 쌍장을 기기묘묘하게 뻗어내었다.
 소량은 잇소리를 내더니 정신없이 검을 휘둘러 쌍장을 막아갔다. 진원지기를 조금도 사용하지 않았는데도 소량의 검에는 옅게나마 검강이 어려 있었다.
 "죽어!"
 웃음기가 사라진 음마존이 표독스럽게 외치며 일장을 뽑아내었다. 소량의 검강은 그녀의 일장을 막아내지 못했다.

"큭!"

그렇지 않아도 내상이 극심했던 몸에 더욱 큰 내상이 어렸다. 소량이 피를 토해내며 뒤로 물러나는 찰나, 음마존이 부드럽게 손목을 꺾어 소량의 검강을 튕겨냈다.

소량의 강기는 놀랍게도 기운 하나 머금지 않은 그녀의 손목을 베어내지 못했다.

소량의 검강을 튕겨낸 음마존이 소량의 손목을 잡았다.

우드득.

소량의 오른 손목의 뼈가 박살이 났다.

음마존은 소량의 손목을 잡고 자신 쪽으로 끌어당기더니 어깨로 소량의 가슴팍을 두드렸다.

터엉-

범종이 울리는 소리와 함께 소량이 멀찍이 뒤로 튕겨났다. 비명조차 지르지 못한 채 바닥에 처박힌 소량이 잠시 전신을 경련했다. 그의 입가에서도 끊임없이 피가 흘러나온다.

"쿨럭, 쿨럭!"

음마존이 사이하게 웃으며 그런 소량에게로 쇄도했다.

"목이라도 가져가야겠어!"

음마존은 본래 여우와 같은 사람으로, 불리한 싸움에는 절대 나서지 않고 이길 수 있는 싸움에는 반드시 나서는 성미를 가지고 있다. 소량이 죽어가고 있다는 것을 알긴 했지만 아직 숨을 쉬고 있으니 아예 목을 잘라 버릴 생각이었다.

그 순간, 음마존의 예상을 벗어나는 일이 생겨났다.

"어, 어멋?!"

소량이 왼손으로 바닥을 치며 자리에서 일어난 것이다.

쿠웅—

소량이 있던 자리에 착지한 음마존이 놀란 표정을 지었다.

"아악, 아아악!"

소량은 그 상태로 수십 보를 뒤로 물러나더니 허리를 반으로 굽히고 비명을 질렀다. 조금 전에 음마존의 손에 얻어맞은 가슴에서 끔찍한 통증이 느껴지는 것이다.

음마존의 표정이 점점 더 표독스럽게 변해갔다.

"아프니?"

곧이어 음마존의 신형이 안개처럼 스르르 사라져 갔다.

이형환위라!

본래 있던 곳과 소량이 있는 곳에 동시에 나타나니 과연 신묘한 경지라 할 만했다. 그녀는 소량의 오른손으로 천령개를 두드리는 동시에 왼손으로 그의 단전을 후려쳤다.

"크윽!"

소량이 다급히 왼손으로 천령개를 막았지만, 단전으로 들어오는 공격은 막지 못했다. 소량의 단전에 쩌적 금이 가는 동시에 소량이 또다시 비명을 지르며 뒤로 물러나기 시작했다.

백회를 막은 왼손이 부러지지 않은 것이 천만다행이다.

음마존이 그럴 줄 알았다는 듯 소량의 등 뒤에서 나타났다. 소량이 피할 곳을 짐작한 것이다. 그녀가 이번에야말로 반드시 죽이겠다는 듯 소량의 심장으로 쌍장을 뻗어냈다.

그때, 또다시 음마존의 예상을 깨는 일이 생겨났다.

"엇?!"

갑자기 소량의 신형이 한줄기 바람처럼 변해갔다. 분명히 가까이 다가와서 심장을 후려쳤는데 음마존의 쌍장은 허공만 스칠 뿐이다. 음마존이 분기를 참지 못해 이를 갈았다.

그녀가 죽이고자 했으면, 죽어야 한다.

이렇게 살아 있어서는 아니 되는 것이다.

하지만 천애검협은 그냥 살아 있는 것뿐만이 아니라 멀찍이 도망까지 치고 있었다. 따라가기도 귀찮았던 음마존이 공연히 손목을 두어 번 주물럭거렸다.

"어머, 도망을 가네? 그럼 난 애새끼나 죽여야겠다."

음마존의 말이 끝나기도 전에 그녀가 발걸음을 옮겼다.

후방으로 십여 장 가까이 물러났던 소량이 나무 한 그루를 밟더니 방향을 바꾸어 그녀에게로 쏘아졌다.
"오호호!"
예상이 적중했음을 깨달은 음마존이 교소를 터뜨렸다.
'이대로 아이가 있는 곳에 가서 그곳에서 일전을 벌이자.'
그러면 천애검협은 절대로 도망가지 않을 것이다.
말 그대로 죽을 때까지 계속…….
음마존의 걸음이 점점 빨라지더니, 소량이 바로 뒤에 이르자 아예 앞으로 쇄도하기 시작했다.
소량은 그녀가 향하는 곳이 어디인지 명확히 알 수 있었다.
'운현 도장이 있는 곳!'
소량의 육신이 허공에 선을 그은 것마냥 빨라졌다.
소량은 여전히 자신의 변화를 알아차리지 못했다. 아니, 알아차리기는 했다. 음마존의 어깨에 가슴을 후려 맞을 때, 그는 진원지기를 한가득 끌어올려 가슴을 집중적으로 방어했다.
하지만 진원지기는 움직이지 않았고, 그 대신 태허일기공이 한가운데 뭉쳐졌다. 분명히 태허일기공의 내력은 모두 소모했는데 말이다. 심지어 그 위력조차 달라진 듯했다.

다음 순간 태허일기공의 기운은 씻은 듯이 사라져 버렸다. 천만다행히 목숨은 구했으나 의문은 풀 수가 없었다.

지금도 마찬가지였다. 소량의 마음이 다급해지자 그의 신형이 움직이는 속도가 더 빨라졌다. 사라진 줄 알았던 태허일기공이 다시 나타나 저절로 용천혈로 흘러가는 것이다.

그러나 지금은 의문을 풀 때가 아니었다.

'서둘러야, 서둘러야 해!'

소량이 이를 악물고는 의념을 더욱 집중했다.

운현 도장이 있는 곳에 먼저 도착한 것은 음마존이었다.

"허, 헉?"

"음마존이시여!"

운현자의 죽음을 확인하고 흐뭇하게 웃으며 종리혜에게로 걸어가던 마인들이 깜짝 놀라 무릎을 꿇고 오체투지했다. 음마존은 종리혜를 보고는 고소를 터뜨렸다.

"호호호! 아직 죽이지 않았구나! 참으로 잘했다."

마인들은 그것이 자신들을 비난하는 것인지, 아니면 정말로 칭찬하는 것인지 몰라 눈만 끔뻑여 댔다.

"정말 칭찬한 것이니 일어나려무나."

계집아이는 천애검협이 도망가지 못하게 해줄 좋은 장치였다. 천애검협이 꼼짝달싹하지 못하고 죽음을 맞고 나면 그때에는 마인들에게 먹잇감으로 던져 줄 생각이었다.
"우, 운현 도장!"
뒤늦게 도착한 소량이 다급히 운현자에게 달려갔다.
운현자가 일곱 개의 화살을 박은 채 고개를 떨어뜨리고 있는 것을 본 소량이 눈을 질끈 감았다. 아직 완전히 지우지 못한 살기가 운현자의 복수를 하라고 부추겼다.
하지만 운현자의 앞에는 어린 여자 아이가 한 명 있었다.
'종리혜……'
아이의 정체를 알아본 소량이 눈을 질끈 감았다.
문득 능소의 모옥을 다 짓고 돼지를 잡던 날, 은밀하게 웃으며 자신을 부르던 종리윤이 떠올랐다.

"첫 번째 돼지는 이미 잡았지만 두 번째 돼지는 아직이오. 협사님도 와서 간이라도 맛보구려."

소량이 다시 눈을 떴을 때는 결의가 떠올라 있었다.
물론 죽음을 목전에 두었다는 상황은 변하지 않았다. 내상이 남아 있는 것은 물론, 조금 전에 얻어맞을 때 가슴 어림에 파고든 경력이 맹렬하게 심장을 공격한다.
왼쪽 손목의 뼈가 박살이 난 것은 물론 조금 전에 비도를 얻어맞았던 자리에서 피가 주르륵 새어 나온다.

하지만, 이 아이는 구할 수 있으리라.

소량이 희미하게 웃으며 아이를 바라보았다.

'너만은 반드시 지켜주마.'

다시 뒤를 돌아본 소량의 눈빛은 차갑기만 했다.

소량이 진각을 밟자 운풍자의 검이 허공에 떠올랐다. 소량은 왼손으로 그의 고검을 움켜잡고는 익숙해지려는 듯 몇 번을 휘둘러 보았다. 선풍기협이 지켜내고 운현자가 구해낸 종리혜를 이제 소량이 보호하게 된 셈이었다.

"호호호! 정말 재미있네! 그래, 협객이라 이거지?"

예상대로 일이 진행되자 음마존이 까르르 웃음을 터뜨렸다. 그러나 웃음은 곧 씻은 듯이 사라지고 그 자리에 살기만이 남았다. 음마존이 내력을 가득 끌어올려 달려들었다.

소량 역시 음마존에게 달려들기는 마찬가지였다.

콰앙—!

소량의 검과 음마존의 일 장이 부딪치자 굉음이 울려 퍼졌다. 음마존이 싸늘하게 웃으며 소량에게 말했다.

"네 왼손도 부러뜨려 줄게!"

음마존이 소량의 검강을 튕겨내고는 조금 전처럼 손목을 잡아왔다. 소량은 같은 수법에는 다시 당하지 않겠다는 듯 각법으로 음마존을 걷어찼다.

안타깝게도 음마존이 약간 더 빨랐다. 소량의 발이 허공에 떠오르기 직전, 그녀의 발이 소량의 발등을 짓밟아 버렸던 것이다. 발등의 뼈가 부러지자 소량이 신음을 토해냈다.

"으음!"

하지만 그 사이에 손목은 보호할 수 있었다.

소량이 지근거리에서 태룡도법을 펼쳤다. 흡인력을 일으킬 시간조차 없어 운공요결을 무시하고 초식만 쫓는 셈이었지만 초식에도 현묘한 이치가 있으니 효과는 충분했다.

음마존이 소량의 발을 밟은 채 그것을 피해내고는 또다시 소량의 심장을 두들겼다.

쿵—

소량은 가슴에서 북이 울리는 소리가 들린다고 생각했다. 천하의 누구도 듣지 못하는, 오직 소량만이 들을 수 있는 소리였다. 소량은 눈을 질끈 감고 솟구쳐 올라오는 피를 삼켰다.

잠시 소량이 그렇게 주춤했을 때, 음마존이 이래도 죽지 않을 수 있겠냐는 듯 이격을 날렸다. 소량이 부러진 오른팔의 팔꿈치로 육합권 중 첩신고타(貼身搞打)의 초식을 펼쳤다.

쿠웅—

소량의 가슴에서 또다시 북소리가 울려 퍼졌다. 심장을 파고든 경력이 두 배가 되었고, 곧 네 배로 불어났다. 소량의 심장이 빠르게 뛰는가 싶더니 갑자기 느려졌다.
반면 소량의 첩신고타는 조금의 손해도 입히지 못했다. 음마존은 호신강기로 몸을 둘러싸다시피 하고 있었던 것이다.
터텅!
세 번째로 음마존이 소량의 단전을 후려갈길 때였다.
소량의 검이 스르륵 움직였다. 심장과 단전을 얻어맞을 대로 얻어맞은 터라 두 군데 다 박살이 나기 직전이다. 소량은 이것이 자신이 할 수 있는 마지막 공격임을 깨달았다.
음마존이 소량의 검을 무시한 채 마지막 일격을 날렸다.
쿠웅!
마지막 일격이 소량의 심장에 적중하는 것과 동시에 소량의 검이 음마존의 어깨를 스쳤다. 손해를 입은 것은 소량이건만 음마존이 경악한 듯 뒤로 물러나기 시작했다.
'바, 방금은……'
음마존은 지금의 상황을 믿을 수 없었다. 그저 기운 없이 휘두른 검에 불과할 뿐이라 예상했고, 그 예상대로 아무런 기척도 느껴지지 않았다.
그런데 검이 휘둘러지자 그녀의 호신강기가 베어졌다. 음양흡정대법으로 쌓은 천하제일의 공력인데 말이다.
곧 음마존의 옷자락이 스르르 갈라지더니 그녀의 탐스러

운 젖가슴이 드러났다. 어깨부터 시작해서 젖가슴의 일부까지 선이 그어지더니 이내 피가 배어 나오기 시작했다.

음마존이 자신의 가슴을 내려다보았다. 치명상은 아니었지만, 안으로 파고든 천애검협의 기운이 참으로 기기묘묘하여 해소해 낼 수가 없다.

경력을 수습하는 데 족히 사흘은 필요할 것 같았다.

음마존이 노기로 불타는 눈으로 소량을 바라보았다.

소량의 입가에는 희미한 미소가 떠올라 있었다.

"순응의 검."

"뭐라고?"

음마존이 미간을 찌푸리며 되물었다.

소량의 미소가 점점 능소처럼 환하게 변해갔다. 순응의 검, 능 하선이 가르쳐 준 검을 이제야 펼칠 수 있을 것 같다.

"능하선검(綾河仙劍)."

소량이 조그마한 목소리로 되뇌었다.

第十章
진무십사협(眞武十四俠)

1

　음마존의 얼굴은 딱딱하게 굳어 있었다. 적지 않은 내상에 천애검협에 대한 경각심까지 더해진 탓이었다.
　'태허일기공, 태허일기공!'
　태허일기공이야말로 신선의 절학이라더니 과연 그 말이 틀리지 않다. 이쯤이면 이미 죽었어야 정상인데, 죽기는커녕 자신의 본래 무학을 되찾지 않았던가!
　그 뒤로 무려 여섯, 일곱 번의 치명상을 얻어맞았지만 천애검협은 끝까지 버텨내고 있다.
　'죽이기가 쉽지 않겠어.'

내상을 입어 기운의 운행이 불규칙해진 지금으로서는 천애검협을 쉽게 죽일 수가 없다. 물론 작정하고 덤벼들면 죽일 수 있겠지만 적어도 이삼십 초식은 필요할 것이다.

하지만 지금 음마존에게는 시간이 없었다.

백여 리 너머에서 섬뜩한 기세를 느낀 탓이었다.

'삼천존……'

음마존이 미간을 잔뜩 찌푸리며 옆을 흘끔 돌아보았다. 물론 눈에 보일 리가 없었지만 그녀의 기감은 정확하게 삼천존, 그중에서도 검천존의 위치를 찾아내고 있었다.

'이제 오십여 리, 아니, 육십여 리 정도 남았나.'

적지 않은 거리지만, 검천존이라면 이각에서 삼각이면 능히 이곳에 당도하고도 남음이 있으리라.

'다급한 데다 살기를 줄기줄기 흘리는군. 천애검협을 많이 아끼는 모양이지? 하지만 이미 늦었답니다.'

검천존의 분노가 음마존이 있는 곳까지 전해질 지경이었지만 그녀는 개의치 않고 싸늘하게 웃어 보였다. 천애검협은 현재 심장이 터지기 일보 직전이다. 단전에도 금이 갔는지 기운이 온전히 담기지 못하고 새어 나오는 듯하다.

대라신선이 오더라도 살아남을 수 없다.

'뭐, 안 된 일에 미련을 가질 필요는 없지.'

불리한 싸움에는 절대 나서지 않고 유리한 싸움에는 반드시 나선다는 말도 알고 보면 틀린 말이었다. 유리한 싸움에서도 반전이 생길 수 있으니까 말이다.

"내가 손해를 봤어."

천애검협의 죽음을 확신한 음마존이 몸을 돌렸다. 그래서 그녀는 자신이 능하선검이라는 무학을 두려워한다는 사실을 끝까지 깨닫지 못했다.

"음마존이시여, 어찌하여 그런 참람된 말씀을 하십니까?"

"상처가 생겼잖아, 내 예쁜 몸에."

음마존이 공연히 울상을 지으며 유혹하듯 마인들을 돌아보았다. 음마존에게 잡히면 암컷 당랑(螳螂:사마귀)에게 걸린 것처럼 뼈도 못 추린다는 것을 알면서도 마인들은 염기(艶氣)에 혹해 군침을 꿀꺽 삼켰다.

교태 어린 몸짓으로 가슴을 흔들던 음마존이 몸을 돌렸다.

"그럼 나 먼저 갈게. 너희는 천애검협이 죽이고 와."

"음마존이시여! 그게 무슨 말씀……!"

"아니, 이러면 어떨까?"

음마존이 그렇게 말하며 눈빛을 빛냈다.

혼이 다 타버린 사람처럼 지친 얼굴로 희미하게 웃고만 있던 소량이 얼굴을 굳히더니 종리혜 쪽으로 몸을 붙였다.

터텅―

소량이 검으로 무형의 기운을 쳐 내려 했으나, 무형의 기운은 도중에 방향을 바꾸어 소량의 단전을 후려쳤다.

"커헉, 쿨럭! 쿨럭!"

소량이 허리를 굽히고 기침을 토해냈다.

"호호호! 역시."

자신의 예측이 맞았음을 확인한 음마존이 깔깔 웃음을 터뜨렸다. 그리고 공연히 피곤한 채 가슴을 드러내며 기지개를 켜더니 고개를 절레절레 저으며 몸을 돌렸다.

"저 계집애나 죽이고 와. 천애검협은 이미 죽었으니까."

"예?"

마인들이 놀라며 음마존을 바라보았다. 천애검협이 이미 죽었다니 도대체 그게 무슨 소리인가! 비록 많이 지치긴 했으나 알 수 없는 무공도 선보이는데 말이다.

소량은 음마존의 말뜻을 정확히 알아챌 수 있었다.

심장과 단전에 쌓인 음마존의 경력과 어깨를 통해 파고 들어온 도마존의 경력을 어찌어찌 막아내고 있지만 그것도 오래 가지는 못하리라. 막아내지 못하는 순간 심장과 단전이 파열하고 간이 찢어질 것이다.

자신은 이미 죽은 목숨이나 다름없다.

지치다 못해 반쯤 감긴 눈으로 마인들을 훑어보던 소량이 종리혜를 안아 들었다. 마지막까지 도망을 쳐 보려는 듯했다.

"내 말 못 들었어? 천애검협은 이미 죽은 거나 마찬가지야. 내 보기엔 반각이나 겨우 버티지 싶은데. 그런 천애검협의 손에서 아이 하나도 빼앗지 못한다면 너희는 무능력한 거야. 그러면 내 손에 죽겠지. 천애검협은 아이를 지키려고 발악할 테니까 죽이기 쉬울 거야."

음마존이 설렁설렁 걸어가자 마인들이 얼굴을 구겼다.

"하지만 천애검협에게는 기묘한 무학이……."

무어라 말하던 마인 하나가 문득 눈을 부릅떴다.

그의 이마에는 작은 구멍 하나가 뚫려 있었다.

"잘해봐."

무형의 기운을 튕겨 수하의 머리에 구멍을 뚫은 음마존이 피곤해 죽겠다는 듯 걸어갔다.

'아이를 지키려면 무학을 쓰게 될 거야. 심장과 단전을 보호해도 모자랄 공력을 공격에 쓰게 되면 곧 죽겠지. 아니, 그게 아니어도 병장기에 찔려 죽음을 맞을 거야.'

어떻게든 소량을 완전히 죽일 방법을 찾는 음마존이었다.

그녀는 검천존이 벌써 십여 리나 거리를 좁혔다는 것을 확인하고는 곧바로 신형을 날렸다. 삼십여 리 이내로 거리가 좁혀지면 검천존이 자신을 추적할 가능성이 있는 것이다.

음마존이 사라지자 마인들이 소량을 노려보았다.

"음마존은 믿을 수 없는 분이시지만 거짓말을 하지는 않지. 정말 죽어 있는 것이나 다름없는가, 천애검협?"

"확인해 보면 알겠지!"

귀영검(鬼影劍)이 소량에게로 검로를 펼쳐 나갔다.

소량은 그 즉시 용천혈로 기운을 쏘아 보냈다. 종리혜를 품에 안고 경공을 펼치려는 것이다. 지금부터 계속 쉬지 않고 달려간다면 어쩌면 마인들을 따돌릴 수 있을지도 모른다.

하지만 기운은 용천혈로 가다 말고 멈춰 버렸다.

'혀, 혈맥이?!'

다리로 향하는 혈맥이 찢어져 있었다.

소량의 안색이 흑빛이 되었다. 도망칠 수 있을 것이라고 생각했는데 알고 보니 그게 아니었다. 기운은 양팔로도 제대로 흐르지 못했다. 팔쪽의 혈맥 역시 찢어지긴 마찬가지였다.

'이제야 비로소 순응의 검을 펼칠 수 있게 되었건만.'

소량이 귀영검의 검을 피해내며 침을 꿀꺽 삼켰다.

모두 소모했다고 생각했던 태허일기공이 다시 차오르는 이유를 이제는 알 수 있었다.

천지간의 기운이 백회를 통해 들어온 것이리라.

하지만 문제는 그것을 운용할 수가 없다는 점이었다.

'음마존의 마지막 일격……!'

음마존의 일격 탓에 천지간의 기운이 지나가야 할 혈맥이 걸레가 되어버렸다. 육신을 통해 스며들었던 천지간의 기운은 결국 통하지 못하고 다시 백회를 통해 빠져나갔다.

천하의 누구도 가지지 못한 거대한 보물을 가졌는데 그것을 쌀로 바꿀 수가 없어 굶어죽는 형국이었다.

순응의 검을 한 번이라도 펼쳐낸 것 자체가 기적이었다.

'아니, 그 이후에는 움직일 수조차 없겠지만, 혈맥을 다 찢을 각오를 한다면 한두 번은 펼칠 수 있겠지.'

그렇게 마지막 기회를 소모하고 나면 진원지기를 소용할 수밖에 없다. 그다음에는 죽음뿐이리라.

서걱!

소량의 왼손에 든 검이 귀영검의 옆구리를 스쳤다. 검강이 아니라 검기밖에 흐르지 못해 귀영검은 큰 손해 없이 뒤로 물러났다. 방금 전 음마존에게 날렸던 일격은 보이지 않았다.

'지금에야말로!'

귀영검의 검이 소량의 목을 노리고 쏟아졌다. 일순간 네 개로 분열된 검영이 소량의 상단과 중단, 하단으로 짓쳐든다. 그리고 마지막 하나는…….

'종리혜!'

소량이 창백한 얼굴로 뒤로 물러났다. 자신에게 쏟아지는 검도 무섭지만 그보다는 종리혜에게로 쏟아지는 검이 더 무서웠다. 소량은 품안에 안긴 종리혜를 흘끗 바라보았다.

"혜아야!"

종리혜의 어깨에 기나긴 검상이 생겨 있었다. 다행히 팔이 잘리진 않았으나 다 나아도 불구의 몸이 되리라. 혼절해 있던 종리혜의 전신에 경련이 일어나기 시작했다.

소량의 눈에 불길이 타오르기 시작했다.

"물러나라! 물러나는 자는 죽이지 않겠다!"

소량이 허장성세를 부리자 마인들이 피식피식 실소를 머금었다. 음마존을 공격한 것은 회광반조의 몸부림이었나 보다. 지금은 검강조차 제대로 뿜어내지 못한다.

아니, 검기도 만들지 못하는 것 같다.

검지가 마치 맹수의 것처럼 날카로워 금수검지(禽獸劍指)라고 불리는 마인이 싸늘하게 웃으며 소량에게로 다가갔다. 그와 동시에 음풍소마(陰風少魔)가 소량의 뒤로 접근한다.

죽어가고 있었던 소량은 뒤쪽의 접근을 알아채지 못했다.

"물러나지 않는 자, 반드시 죽이겠다!"

"흐흐흐, 어디 해보시지!"

금수검지가 싸늘하게 웃으며 달려들 때였다.

순웅의 검, 아니, 능하선검!

소량의 검이 아무 기운도 품지 않은 채 허공을 그었다. 하지만 이상하게도 소량이 겨눈 곳에 있던 금수검지의 육신에 금이 가기 시작한다. 금수검지는 비명을 토해내며 얼굴을 쓸어 만지다가 뒤로 쓰러졌다.

하지만 뒤쪽의 습격은 성공했다.

"큭!"

소량이 옆구리를 통해 옅게나마 관통상을 입은 것을 확인하고는 금수검지를 베어낸 검을 휘둘렀다.

음풍소마가 손가락으로 소량의 검을 튕겨냈다.

"능하선검이라 했던가? 훌륭한 검초지만 여러 번 펼치지를 못하는군. 천애검협도 여기까지인 거야!"

"자, 잠깐!"

음풍소마의 손가락이 종리혜에게로 향하자 소량이 눈을 부릅뜨며 몸을 돌렸다. 종리혜 대신 소량의 어깨에 음풍소마의 손가락이 푹 담겼다가 빠져나갔다.

"흐, 흐으윽!"

"으하하하!"

음풍소마가 혹시 모를 일격에 대비해 뒤로 물러나자 대신 사독검마(蛇毒劍魔)가 소량의 눈으로 검을 찔러왔다.

그 순간, 마침내 소량이 진원지기를 끌어올렸다.

우우웅—

소량의 검이 오행검의 초식을 쫓아 쏟아지자 섣불리 다가갔던 사독검마가 기겁하여 뒤로 물러났다. 치명상은 아니었지만, 사독검마의 가슴이 쩍하니 갈라져 있었다.

"커헉!"

비명을 토해낸 것은 오히려 소량이었다.

혈맥이 갈기갈기 찢어져 기운이 통하지 않는데, 진원지기라고 통하랴? 억지로 기운을 끌어 쓰긴 했지만 고통만 더욱 심해졌다. 제대로 효과도 내지 못하고 말이다.

"천애검협을 죽였다는 명예는 내 것이로구나!"

혈귀서생(血鬼書生)이 덤벼들자 소량이 정신없이 뒤로 물러나기 시작했다. 소량은 긴장한 듯 침을 꿀꺽 삼키는 찰나 혈귀서생이 손아귀가 종리혜의 목을 움켜쥐어 갔다.

오른손이 부러진 탓에 단단히 안지 못했던 소량이 뒤늦게 힘을 주어 그녀를 끌어안으며 첩신고타의 초식을 펼쳤다.

텅—

작은 소리와 함께 혈귀서생이 두어 걸음 물러났다.

"혜아야! 혜아야!"

종리혜를 살피던 소량이 비명을 질렀다. 종리혜의 목덜미를 통해 그녀로서는 죽었다 깨어나도 감당치 못할 경력이 흘러들었다는 것을 확인한 것이다.
 '어, 어서 치료해야 해.'
 소량은 이를 악물며 마인들에게로 시선을 돌렸다.
 '서른 명 남짓.'
 소량은 자신의 상태를 다시 한 번 돌아보았다. 마지막으로 한 번은 순웅의 검을 쓸 수 있으리라. 그 이후엔 혈맥이 모조리 찢어져 움직일 수조차 없게 되리라.
 '단 한 번, 저들을 단 한 번에 죽여야 한다.'
 소량이 일부러 비틀거리며 뒤쪽으로 물러났다. 남아 있는 마인들이 한눈에 보일 수 있도록 자리를 잡는 것이다.
 물론 그 사이에도 혈귀서생의 조법과 사독검마의 검, 음풍소마의 지법이 쏟아졌다. 음풍소마의 지법은 피해냈지만 혈귀서생의 조법과 사독검마의 검은 피해내지 못했다.
 혈귀서생이 조법이 소량의 허벅지에서 살을 한 움큼 뜯어냈고 사독검마의 검이 어깨를 관통했다.
 사독검마는 자신의 검을 버린 채 뒤로 물러났다.
 '흐흐흐! 다 잡았군, 다 잡았어!'
 기쁨이 가득 차올랐지만, 사독검마는 최대한 조심하고 있었다. 아직 한두 번은 능하선검이라는 기기묘묘한 검을 쓸 수 있는 모양이니 그것만 조심하면 된다.
 그 이후에 단번에 천애검협의 목숨을 취하면 되는 것이다.

피를 너무 많이 흘렸는지 소량은 어지럼증을 느꼈다.
당장에라도 혼절해 버릴 것만 같았다.
'조금만, 조금만 더 버텨야……!'
소량이 지친 듯 숙여지려는 고개를 들어 올렸다. 그리고 마침내 마인들이 한눈에 보인다는 것을 깨달았다.
소량의 눈빛에 한순간이나마 빛이 돌아왔다.
'지금!'
소량이 왼손에 든 검으로 태룡도법 중 태룡승천의 초식을 펼쳐 나갔다. 그와 동시에 천지간의 기운이 소량의 육신을 파고들어 검으로 흘러갔다. 천지간의 기운은 찢어진 혈맥을 더욱 찢으며, 마침내는 아예 끊어버리며 검에 당도했다.

그 순간, 빛살이 일어났다.
"헉?"
서른 명의 마인 틈에서 비명 소리가 들려왔다.
그것이 마지막이었다. 빛살이 사라졌을 때에는 혈마곡의 마인 중에 목을 가지고 있는 사람이 아무도 없었다.
소량은 결과가 어찌 되었는지는 알지 못했다.
종리혜를 치료해야 한다는 생각조차 이어가지 못한 채 혼절해 버린 것이다.
검천존이 도착한 것은 바로 그때였다.

2

혈마곡의 본궁이 머지않아 움직일 것을 짐작한 검천존은 남몰래 청성파를 찾은 참이었다.

청성파에는 무학은 몰라도 도(道)에 누구보다 근접했다는 송현 진인(松玄眞人)이 있는데, 혈난이 벌어지기 전에 그를 찾아 아들에 대한 부질없는 집착을 버려볼 생각이었다.

검천존은 몰랐지만 도천존, 창천존도 그와 같은 생각으로 사천으로 오고 있는 중이었다.

그들도 격전지가 사천이 될 것이라 예상한 것이다.

하지만 그들의 예상은 모두 틀렸다. 혈마곡의 본궁이 움직이기 시작했을 때 천애검협 진소량이 청해에 있었던 것이다.

혈난의 시작을 연 것도, 홀로 혈마곡의 본궁을 막아낸 것도 모두 천애검협 진소량이었다.

청성파를 통해 소량의 행보를 파악한 검천존은 청성파가 만든 구원군에 합류를 청했다. 불감청(不敢請)이언정 고소원([固所願])이었던 청성파는 쌍수를 들고 환영했고 말이다.

그리고 오늘, 검천존은 마침내 소량의 기운을 느낄 수 있었다. 그에 대적하는 무시무시할 정도로 커다란 기운 역시 느낄 수 있었다. 검마존과 겨뤄본 적이 있는 검천존은 그것이 또 다른 마존임을 직감했다.

기운을 느낀 검천존은 곧바로 소량에게로 달려왔다.

청성파가 백성들을 찾아 달려올 수 있었던 것도 모두 검천존 덕분이었다.

"허어, 이놈. 만신창이가 되어 있구나!"

검천존은 소량을 보자마자 달려가 그의 명문혈에 손을 대었다. 한편으로는 기감도 가득 돋워놓는데, 소량이 상대하던 무시무시할 정도로 커다란 기운의 주인을 찾는 것이었다.

'죽었어.'

한참 동안이나 소량의 명문혈에서 손을 떼지 못하던 검천존이 경악한 얼굴로 소량을 바라보았다.

소량과 함께 여행하며 적지 않은 친분을 쌓았던 검천존이었기에 그가 느끼는 상실감은 결코 작지 않았다.

검천존이 허탈한 듯, 아니, 믿을 수 없다는 어조로 외쳤다.

"으허허, 으허! 정말 죽었느냐? 정말 죽은 게야?"

헛웃음처럼 탄식을 내뱉던 검천존의 얼굴이 일그러졌다.

'아니, 내가 잘못 본 것이리라.'

소량은 종리혜를 안은 채 서 있었는데, 용케도 아이를 떨어뜨리지 않은 상태였다. 사후경직이라기에는 아직 천애검협의 시신이 말랑말랑하니 다른 이유가 있을 터였다.
 검천존은 소량의 목에 손을 대고는 눈을 지그시 감았다.
 "살아 있구나, 살아 있어!"
 검천존의 눈에서 허탈함이 사라졌다.
 너무나도 미약하지만 아직 맥박이 남아 있다. 죽는 것이 당연하다 싶을 정도의 내상을 입었고 혈맥이 가닥가닥 끊어진 데다 끔찍할 정도로 많은 피를 흘렸지만 맥박이 있다.
 검천존은 소량의 명문혈로 다시 손을 가져가 기운을 불어넣었다. 혈맥이 끊어져 있었기에 검천존은 세맥까지 이용해 기운을 불어넣으려 애썼다.
 검천존의 등허리가 점점 식은땀으로 젖어갔다.
 그렇게 얼마나 지났을까.
 식어가던 소량의 육신에 다시금 온기가 어리기 시작했다. 희미하게나마 눈꺼풀을 움직이기도 한다.
 겨우 연명이나 시켜놓았을 뿐 머지않아 다시 죽음의 길로 갈 것을 알기에 검천존의 얼굴은 새카맣게 죽어 있었다.
 "들리느냐?"
 검천존이 그렇게 말할 때였다.
 "운현, 이놈아……."
 청성파의 장문인, 일선 도인이 눈을 질끈 감으며 침음성을 토해냈다. 뒤늦게 도착한 청성파의 무인들도 마찬가지였다.

"운현 사형, 사형!"

운송자가 달려가 운현자의 시신 앞에 무릎을 털썩 꿇었다. 일곱 대의 화살이 박힌 채 고개를 숙이고 주저앉아 있는 운현자의 시신은 처참하기 짝이 없었다.

운송자에게 대부분의 설명을 들었기에 청성파의 무인들은 대충의 상황을 짐작할 수 있었다. 운현자가 저렇게 수많은 상처를 얻은 채 죽은 이유도, 천애검협이 만신창이 시신처럼 서 있는 이유도, 수많은 마인의 시체가 누워 있는 이유도…….

모두 백성들을 지키기 위해서였음이라.

"정신이 드느냐?"

아무도 입을 열지 못하는 가운데 검천존의 목소리가 울려 퍼졌다. 소량의 육신이 조금씩 움찔거리기 시작한 것이다.

그리 오래 지나지 않아 소량이 눈을 떴다.

"정신을 차렸구나!"

검천존이 외치는 것과 동시에 소량이 넋이 나간 얼굴로 검을 날렸다. 검기조차 뿜어내지 못했지만 속도만은 쾌속하기 짝이 없다. 검천존이 소량의 검을 손가락으로 잡아 막았다.

"이 녀석아! 다 끝났다!"

검천존의 말에 소량이 정신을 차린 듯 눈을 끔뻑였다. 검천존을 알아본 소량의 눈에 조금씩 눈물이 고였다.

"걱정 마라. 백성들은 모두 무사해."

정신을 차렸지만 움직일 수는 없었다.

소량은 다리 힘이 풀려 털썩 주저앉고 말았다.

"괜찮으냐?"

"이 아이를 살려주세요……."

소량이 고개를 떨어뜨린 채 앞뒤로 몸을 끄덕끄덕하며 종리혜를 검천존에게 밀었다.

검천존의 움직임이 일순간 멈추었다.

"제발, 제발 살려주세요……."

검천존이 말문이 막힌 듯 눈을 질끈 감았다. 갑자기 가슴 한구석에 뜨거운 것이 올라오는 듯했다.

그것은 청성파의 무인들도 마찬가지였다.

언젠가부터 강호에 한 가지 소문이 퍼져 나갔다.

혈마곡의 마인들이 산을 이루고 바다를 이루는 곳에서 백성들을 보호하고 탈출한 협객들의 이야기였다.

그들은 한 명씩, 한 명씩 목숨을 바쳐 피로써 길을 뚫었고, 사지가 찢겨도 물러나지 않았다고 한다.

강호의 무인들은 천애검협 진소량과 그를 보좌했던 제갈영영, 사천에 구원군을 요청하러 갔던 세 명과 목숨을 바쳐 길을 뚫었던 아홉 명을 진무십사협(眞武十四俠)이라 칭했다.

그들의 첩혈행로(疊血行路)는 이렇게 끝이 났다.

진무십사협 중 삼 인(三人) 생존(生存).

그리고……

흑수촌의 백성 전원 생존.

『천애협로』 8권에 계속…

실명 무사

김문형 新무협 판타지 소설
FANTASTIC ORIENTAL HEROES

**망자가 우글거리는 지하 감옥에서
깨어난 백면서생 무명(無名).**

그런데, 자신의 이름과 과거가 기억나지 않는다?
잃어버린 기억을 되찾기 위해 망자 멸절 계획의 일원이 되는 무명.

**망자 무리는 죽음의 기운을 풍기며
점차 중원을 잠식해 들어가는데……!**

"나는 황궁에 남아서 내가 누구인지 알아낼 것이오."

**중원 천하를 지키기 위한
무명의 싸움이 드디어 시작된다!**

Book Publishing CHUNGEORAM

유행이 아닌 자유추구-
www.chungeoram.com

FANTASTIC ORIENTAL HEROES

와룡봉추

임영기 新무협 판타지 소설

세상천지 원하는 것을 모두 다 이룬
천하제일인 십절무황(十絶武皇).
우화등선 중, 과거 자신의 간절한 원(願)과 이어진다.

"…내가 금년 몇 살이더냐?"
"공자께선 올해 스무 살이죠."

개망나니였던 육십사 년 전으로 돌아온
화운룡(華雲龍).

멸문으로 뒤틀린 과거의 운명이 뒤바뀐다!

Book Publishing CHUNGEORAM

유행이 아닌 자유추구
WWW.chungeoram.com